MW01634958

# DE BAGAGE

Monika Helfer

# De bagage

ROMAN

Vertaald door
Ralph Aarnout

Nieuw Amsterdam

voor mijn bagage

Deze uitgave werd mede mogelijk gemaakt door ondersteuning van het Bundeskanzleramt Oostenrijk

De vertaler ontving voor deze vertaling een projectsubsidie van het Nederlands Letterenfonds

Deze uitgave is mede tot stand gekomen met een subsidie van het Nederlands Letterenfonds

**Nederlands letterenfonds dutch foundation for literature**

Eerste druk september 2020
Tweede druk november 2020

Oorspronkelijke titel *Die Bagage*

Omslagontwerp Nico Richter
Omslagbeeld © United Archives/Lämmel/Bridgeman Images
Foto auteur © Stefan Kresser
NUR 302
ISBN 978 90 468 2755 0
www.nieuwamsterdam.nl

Hier, pak de potloden en teken een klein huis en een eindje onder het huis een beek en een put, maar teken geen zon, want het huis ligt in de schaduw! Daarachter de berg – als een steen die rechtop staat. Voor het huis staat een vrouw rechtop de was aan de lijn te hangen, de lijn hangt slap, hij is tussen twee kersenbomen geknoopt, de ene rechts van de veranda bij de voordeur, de andere links. De vrouw hangt net een kruippakje en een jasje op, dus ze heeft kinderen. Ze wast veel, de kleren van haar kinderen en die van haar man, en haar eigen kleren, ze heeft een prachtige witte bloes. Ze wil dat haar gezin er net zo schoon bij loopt als gezinnen in de stad. Ze hebben veel witte kleren, daar komen haar donkere haar en donkere ogen en de donkere ogen van haar man goed bij uit. De anderen beneden in het dorp dragen haast nooit witte kleren, sommigen niet eens op zondag. Ze heeft een ernstig gezicht, diepliggende ogen. Teken de ogen maar met houtskool. Haar haar ligt strak langs haar hoofd, het is zwart en bruin door elkaar, omdat het stuk houtskool afgebroken is. De goede kleurpotloden glanzen niet en zijn nog duur ook.

De werkelijkheid waait de tekening binnen, koud en meedogenloos, zelfs de zeep raakt op. Het gezin is arm, welgeteld twee koeien en één geit hebben ze. Vijf kinderen. De man heeft zwart haar, net als zijn vrouw, glanzend als lak zelfs, hij is knap, dubbel zo knap als de anderen. Hij heeft een smal, maar ogenschijnlijk vreugdeloos gezicht. De vrouw, ze is nog net dertig, weet dat de mannen haar knap vinden, ze kent er niet één van wie ze het niet zeker weet. Als haar man haar naar zich toe trekt, voelt hij haar borsten en haar buik, dat heeft hij al eens letterlijk zo gezegd, het wordt hem zwart voor de ogen en van vermoeidheid laat hij zich op het bed vallen. Ze kleedt zich haastig uit, gaat naast hem liggen en weet dat hij maar doet alsof hij slaapt, hij wil niet tekortschieten. Daarom heeft ze haar dunne onderhemd aangehouden. Zodat niet alles meteen zo duidelijk is. Ze kijkt door het open raam naar de nachtelijke hemel. Zelfs de maan komt niet achter de berg tevoorschijn. Soms trekt hij er net langs, dan kan ze het schijnsel boven de kam zien. Er roept een kind, ze hoort wie het is, dan huilt een ander kind, ze hoort wie het is. Maar het lukt haar niet op te staan, al is ze niet moe. Ik ben gewoon langzaam, denkt ze. En ze denkt: hoe oud zou ik worden?

Het meisje, drie jaar oud, staat aan hun bed, midden in de nacht. Het is Margarethe. Grete. Ze beeft.

'Mama,' fluistert ze.

Haar moeder fluistert ook: 'Kom!'

Het kleintje kruipt bij haar onder de deken. Vader mag het niet merken. Het meisje gaat niet tussen haar ouders in liggen, maar aan de rand van het bed. Haar moeder moet haar vasthouden zodat ze er niet uit valt, op de vloer, want het bed is hoog.

Dit meisje was mijn moeder, Margarethe, een schuw kind, dat iedere keer dat ze haar vader zag wegdook en naar de rok van haar moeder keek. Haar vader was zachtmoedig tegen de andere vier kinderen, over het algemeen was hij een zachtmoedige vader en zou dat ook voor de twee jongsten zijn. Alleen dit meisje verafschuwde hij, Margarethe, die mijn moeder zou worden, omdat hij dacht dat ze niet van hem was. Hij was niet boos op haar, niet kwaad; hij verafschuwde haar, hij walgde van haar, alsof ze haar leven lang naar die indringer rook. Haar sloeg hij nooit. De andere kinderen soms wel, maar Grete nooit. Hij wilde haar zelfs niet aanraken door haar te slaan. Hij deed alsof ze er niet was. Tot aan zijn dood had hij geen woord met haar gesproken, zei ze. En ze kon zich niet herinneren dat hij haar ooit had aangekeken. Dat vertelde mijn moeder me toen ik nog maar acht was. Mijn grootvader wilde niets met dat schuwe kind te maken hebben. Des te vaker haalde mijn grootmoeder het aan, en ze had het ook meer lief dan de andere kinderen. Maria heette mijn knappe grootmoeder. Als ze niet zo bang waren geweest voor haar man, waren de mannen van het dorp allemaal achter haar aan gegaan.

Maar ik loop op de zaken vooruit. Dit verhaal begint namelijk voordat mijn moeder geboren was. Het begint zelfs voordat ze verwekt was. Het begint op een middag dat Maria weer eens de was ophing. Het was begin september 1914, toen ze de postbode beneden op de weg zag. Ze zag hem al uit de verte.

Vanaf de boerderij kon je het dal in kijken tot aan de kerktoren, die boven de linden uitstak. De postbode liep met zijn fiets aan de hand, omdat het steil bergop ging naar het kleine huis en vanaf de aftakking was de weg nog maar grof bestraat. De man was doodop, hij wilde adjunct genoemd worden, zijn officiële functietitel was adjunct-postbode, hij droeg een uniform met blinkende knopen. Hij zweette, hij had zijn stropdas losser gedaan en zijn kraag geopend. Hij nam zijn pet af, heel even, ter begroeting en voor de frisse lucht. Maria deinsde achteruit toen hij haar de brief toestak. Het was een blauwe brief met aan de voorkant een losse strook die ze eraf moest scheuren. Deze strook moest ondertekend en teruggestuurd worden. Hij was afkomstig van de staat en die wilde de ontvangst zwart op wit hebben. De adjunct wist dat zij wist dat hij haar leuk vond – en meer dan dat. Maar hij wist ook dat hij haar koud liet. Hij was niet half zo knap als haar man Josef met zijn duistere blik, voor zover zoiets tenminste te verdubbelen of te halveren viel.

De adjunct vond het vreselijk hoe de mannen in het dorp over Josef en Maria praatten. Kinderen bewezen helemaal niets, in ieder geval niet of iemand er goed in was, of maar wat deed, zelfs vier kinderen zeiden niets. Een vrouw kon ook kinderen krijgen als haar man haar niet behaagde, dat was de natuur, en de natuur en de liefde stonden los van elkaar, en ook als mensen toevallig Josef en Maria heetten, hoefde dat helemaal niets te betekenen, integendeel zelfs. De mannen wilden dat graag geloven. Want, dachten ze, dan hadden ze zelf misschien ook een kansje bij de mooie Maria. De echtgenoten werden ook bijna nooit samen in het dorp gezien, waaruit de mannen opnieuw hun conclusies trokken en wat ze als aanvullend bewijs beschouwden. En werden ze wel samen gezien, dan waren ze niet lief tegen elkaar, niet aanhankelijk, Josefs gezicht stond bijna altijd strak en dat van Maria meestal ook, alsof ze net ruzie hadden gehad. Maar de mannen hadden geen flauw benul. Want Maria lag graag innig verstrengeld met Josef, ze had temperament. En haar man soms ook. Het was tussen hen zeker niet zo dat ze meteen het licht uitbliezen zodra ze naast elkaar lagen. Zeker niet. En als ze het licht hadden uitgeblazen, lagen ze soms ook nog lang met elkaar te praten.

De adjunct bezorgde maar één keer per week zo ver buiten het dorp, het was ook zo'n eind de berg op, zo vermoeiend. En Maria was haast nooit alleen en ze was haast nooit buiten, hij had al vaak aangeklopt zonder dat er iemand opendeed. En om dat hele eind voor drie keer niks te lopen? Hij had het liefst gehad dat mensen die zo afgelegen woonden, ver uit elkaar op de berg, beneden in het dorp vrienden hadden, of op zijn minst iemand die ze vertrouwden en bij wie hij brieven kon afgeven, en dat ze die dan zelf kwamen ophalen. Maar een brief van de staat moest de geadresseerde persoonlijk in ontvangst nemen. Vandaag kan ik haar tenminste zien, dacht de adjunct.

Het was een grote gemeente, van de kerk tot aan de verste boerderij was ruim een uur lopen. Langs de randen van het dorp lagen nog zes boerderijen, daarachter begon de berg. De mensen die aan de voet van de berg in de schaduw woonden stonden met niemand in het dorp op goede voet en ook onderling stonden ze niet op goede voet. Niet op goede voet staan betekende dat ze niet wilden weten hoe het met de anderen ging, meer betekende het niet. Ze woonden er omdat hun voorouders later gekomen waren dan de anderen en omdat de grond er het goedkoopst was, en de grond was het goedkoopst omdat die zo lastig te bewerken was. Helemaal aan het eind, bovenaan, woonden Maria en Josef met hun gezin. De mensen noemden hen 'de bagage'. Dat was omdat Josefs vader en grootvader lastdragers waren geweest, mannen die nergens hoorden, die geen vast dak boven hun hoofd hadden, die van de ene boerderij naar de andere trokken om om werk te vragen en 's zomers meer dan manshoge hooibalen de schuren van de boeren in droegen, het was het laagste van alle beroepen, nog onder dat van knecht.

De brief kwam van het leger. Het was een oproepingsbevel. Oostenrijk had Servië de oorlog verklaard en Rusland was Servië te hulp geschoten, de Duitse keizer was Oostenrijk te hulp geschoten en had Rusland de oorlog verklaard, Frankrijk was Rusland te hulp geschoten en had Duitsland en Oostenrijk de oorlog verklaard en Duitsland was België binnengetrokken.

De postbode had de blauwe brief nog altijd in zijn hand. Hij fantaseerde dat hij Maria kon helpen, dat er iets gebeurde en dat hij haar kon bijstaan en dat zij dan eindelijk zou zien wat voor man hij was. Hij had haar graag van haar echtgenoot bevrijd, hij maakte zich wijs dat ze onder hem te lijden had en hij maakte zich wijs dat hij zelf een man was die als het erop aankwam liefde en toewijding voor haar kon tonen, niet zomaar eventjes, voor een nachtje, maar tot de dood hen scheidde. Ze had geen rode vlekken in haar gezicht of in haar hals. Hij zag nergens een rimpeltje, niet tussen haar ogen richting haar voorhoofd, niet rond haar mond en niet van haar ooghoeken naar haar slapen. Haar handen waren ruw, maar alleen vanbinnen. Vanboven leken ze wel verguld. Haar man was vaak op pad. Hij had handeltjes. Wat voor handeltjes wist de adjunct niet en Maria wist het ook niet. In het dorp vermoedde men dat het rare, louche handeltjes waren. Josef stond bekend als iemand die er zomaar op los kon slaan. Maar daarmee stelden de mannen zichzelf alleen gerust, ze rechtvaardigden er hun eigen lafheid mee. Dat geen van hen het tot dusverre had gewaagd achter Maria aan te gaan. Omdat Josef zo'n kerel was die er meteen keihard op los sloeg, dus. Al had nog niemand hem dat zien doen.

De brief was van het leger, zei de adjunct, Maria moest de ontvangst bevestigen met haar handtekening. Tussen haakjes moest ze er 'echtgenote' bij schrijven. Hij had een anilinepotlood bij zich, dat mocht bij zulke verklaringen gebruikt worden. Hij likte zelf aan de punt.

Maria wist dat het oorlog was, maar dat die ooit met hen te maken zou krijgen, dat hij tot ver achter in het laatste dal, tot in de schaduw van de berg van zich zou laten horen, daar had ze nog nooit over nagedacht. Wat er precies in de gedrukte brief stond, de details, had ze niet kunnen navertellen, maar wel dat Josef Moosbrugger naar het front moest.

De burgemeester heette Gottlieb Fink en hij had ook handeltjes. Hij was de enige tegen wie Josef meer dan het hoogstnoodzakelijke zei. Tegen wie hij meer zei dan ja, nee, dag en nog eens ja en nee. Josef was weleens van de berg gekomen, rechtstreeks naar het huis van de burgemeester gelopen en zonder te kloppen of te roepen naar binnen gegaan, om vervolgens een dik uur bij hem thuis te blijven. Maar vrienden waren de twee niet. De burgemeester was graag een vriend van Josef Moosbrugger geweest. Dat was de enige met wie je kon praten; ten eerste had hij geen ziektes, ten tweede stonk hij niet als een beest en ten derde was hij niet op zijn achterhoofd gevallen, hij kon goed lezen en schrijven en meer dan goed rekenen. Al legde je hem de moeilijkste vermenigvuldigingen voor, hij hoefde maar één keer met zijn ogen te knipperen of hij wist de uitkomst al. De burgemeester was royaal. Hij deelde de opbrengst van zijn handeltjes altijd, ook als Josef er amper aan had bijgedragen. Ze deden altijd samsam. Josef was niet zo royaal. Maar dat rekende de burgemeester hem niet aan. De burgemeester had koeien, varkens, kippen en een paar geiten, net als iedereen, en bovendien was er aan zijn huis een werkplaats vastgebouwd. Hij was gediplomeerd geweerbouwer. Vroeger had hij de geweerlopen nog zelf gedraaid en gefreesd en de kolven zelf gezaagd en bijgesneden en geolied en gepoleerd. Inmiddels kocht hij de onderdelen in de Zuid-Duitse regio en zette hij de buksen alleen nog in elkaar. Dat was goedkoper en leverde meer op. Dan nagelde hij zijn waarmerk op een buks en dan was het een echte Fink en jachtbuksen van Fink hadden nog altijd de naam dat ze volledig handgemaakt waren. De burgemeester had Josef eens een geweer gegeven, een dubbelloopsgeweer zelfs. Dat was meer dan royaal, het had iedereen verbaasd. Het zei alles, al wist niemand precies wat. Een meubelmaker had er meer dan een half jaar voor moeten werken. Misschien was Josef dan toch de vriend van de burgemeester. Dat hij deed alsof hij geen vrienden nodig had, wilde natuurlijk niet zeggen dat hij die ook echt niet nodig had.

Toen hij het oproepingsbevel had gekregen, had Josef een vriend nodig. De burgemeester was niet opgeroepen omdat hij thuis onmisbaar was. Dat klopte: zo had Josef hem bijvoorbeeld nodig.

Josef hield van zijn vrouw, al nam hij die woorden nooit zelf in de mond. In het plaatselijke dialect bestonden die woorden niet. Het was onmogelijk om in zijn dialect 'Ik hou van jou' te zeggen. Daarom had Josef deze woorden ook nooit gedacht. Maria behoorde hem toe. Hij wilde dat ze hem toebehoorde en dat ze bij hem hoorde, dat ze in zijn bed hoorde en deel was van zijn gezin. Als hij door het dorp liep en de mannen bij de put met zelf gesneden houten messen zag spelen, en als hij zag dat ze hem zagen, dan las hij in hun blikken: jij bent de man van Maria. Ze hadden zich allemaal al voorgesteld hoe het met haar zou zijn. En nu, nu hij een oproepingsbevel had gekregen, dachten ze dat er zich misschien een kans aandiende. En geen ondenkbeeldige kans, want niemand wist precies hoelang de oorlog zou duren. Vanuit Wenen en Berlijn kregen ze te horen dat alles snel voorbij zou zijn, maar daarop durfde niemand te gokken.

Josef ging naar de burgemeester en zei: 'Kun jij op Maria passen als ik aan het front ben?'

De burgemeester wist wat er in dit geval met 'oppassen' bedoeld werd. In de eerste plaats, dacht hij, moet Josef wel bedoelen dat hij zijn vrouw niet kan vertrouwen. Kan ze zichzelf vertrouwen? Dat was de vraag! Zij zag zichzelf immers elke ochtend in de spiegel.

Het was een gesprek onder vier ogen. Een delicaat gesprek, dat geen getuigen verdroeg. Wat kon de burgemeester de man van mijn grootmoeder antwoorden? Zou hij durven zeggen: 'Bedoel je dat ik erop moet letten dat er niemand naar haar toe gaat als jij weg bent?'

En Josef? Als die zei: 'Ja, dat bedoel ik,' dan zou hij toegeven dat hij zijn vrouw niet vertrouwde.

Josef zei: 'Ja, ik zou het fijn vinden als jij erop let dat er niemand naar haar toe gaat.'

'En waarom?' kon de burgemeester dan vragen. Maar daarmee zou hij Josef kwetsen. Dat wilde hij niet. Was het aannemelijk dat een van de mannen uit het dorp, of waar dan ook vandaan, de mooie Maria iets wilde aandoen? En dat de burgemeester in zo'n geval zou ingrijpen? En wat zou dat betekenen? Dat hij diegene moest neerschieten?

De burgemeester zei: 'Ik zal voor haar zorgen. Maak jij je maar geen zorgen aan het front, Josef.'

Kan het zijn dat zo'n knappe vrouw voor slechts één man is gemaakt? De burgemeester dacht dat Maria haar man alleen uit angst trouw was, niet uit gebrek aan interesse voor andere mannen. Je hoefde er ook geen drama van te maken als de een of de ander er stiekem op hoopte dat Josef zou omkomen, zo zit de mens nu eenmaal in elkaar. Dat zou de burgemeester natuurlijk niet tegen Josef zeggen. Hij wilde hem immers te vriend houden. Hij was burgemeester en hij wilde dat iedereen uit het dorp heelhuids zou terugkeren uit de oorlog. Bovendien dacht hij dat het gunstig was een knappe vriend te hebben, en dat dacht mevrouw de burgemeester ook, die vond dat Josef hem sierde. Zij vond Josef namelijk enorm aantrekkelijk. Omdat ze zelf zo eerlijk zei dat ze Josef graag eens naakt zou zien, het liefst alleen, buiten in het bos, was duidelijk dat hij niets te duchten had, anders had ze haar mond wel gehouden. Op míjn vrouw hoeft niemand te passen, dacht de burgemeester, en er hoeft ook niemand op haar te passen als ik voor militaire dienst word opgeroepen. De burgemeester was gelukkig getrouwd. Hij en zijn vrouw stonden bekend als een vrolijk stel, niet alleen in hun kleine dorp, maar in het hele dal, tot Bregenz aan toe. En dat was vooral aan haar te danken. Als zij lachte, lachte zelfs Josef mee, ook als ze nog maar net begon en hij geen idee had wat er ging komen.

'Ze zou eigenlijk bij ons moeten komen wonen met alle kinderen,' zei de burgemeester. 'Het gaat helaas niet, maar dat zou het beste zijn.'

'Dat is niet nodig,' zei Josef. 'Als jij je ogen openhoudt is dat genoeg. Ze zeggen dat het in oktober allemaal voorbij is. Dan ben ik er weer.'

'En je krijgt natuurlijk frontverlof,' zei de burgemeester.

'Als het zo snel gaat als ze zeggen, is er helemaal geen tijd voor frontverlof,' zei Josef. Zo redeneerde iedereen. En dat terwijl Josef zowaar twee keer frontverlof zou krijgen.

Toen Josef afscheid had genomen van zijn vrouw, met een omhelzing en een vluchtige kus, en al op weg was gegaan naar het front, bij het afdalen soepel door zijn knieën verend, net als altijd, was ze hem achternagelopen en had hem weer het huis in getrokken, de slaapkamer in, had zijn riem losgemaakt en zich tegen hem aan gevlijd.

'Waarom trek je zo'n raar gezicht?' vroeg ze.

'Ik heb kiespijn,' zei hij.

'Daar moet je iets aan laten doen,' zei ze.

'In het leger hebben ze tandartsen,' zei Josef. 'Nog veel betere dan in Bregenz, zeggen ze.'

'Hoe weet je dat?'

Hij stond op uit bed en weerde haar af. Ze moest niet zo veel vragen, hij kende dat van haar. Dan ging ze maar door en dan kwam hij te laat.

Er werden begin september maar weinig mannen uit het dorp opgeroepen. Waarom mijn grootvader een van de eersten was, daarop heb ik geen antwoord. Ze waren maar met zijn vieren, een heette er Franz, net als de keizer, een Ludwig, een Alois – en een dus Josef. Ze moesten te voet naar twee dorpen verderop, waar een vrachtwagen ze zou ophalen om ze naar het station in Bregenz te brengen, en van daaruit verder naar de frontlinie, wat en waar die ook mocht zijn. Uiteindelijk is er van deze vier mannen maar één niet omgekomen: Josef. Alois was na een week al dood. Ludwig overleed amper een half jaar later in een veldhospitaal. Franz sneuvelde na een jaar aan de Valparolapas. Er zouden nog vijf jongens volgen, van hen kwamen er maar twee terug.

Nu hadden de vier mannen een bloem op hun hoed gestoken en zich al staande een stuk in hun kraag gedronken. Als vertegenwoordiger van de keizer trakteerde de burgemeester op schnaps en hij schoot in de lucht. Een troep kinderen begeleidde de 'speeljongens', zoals de opgeroepen mannen genoemd werden. Maar ze marcheerden slechts tot aan het volgende dorp mee en maakten daar rechtsomkeert. De toekomstige soldaten liepen van daaruit alleen verder tot L., niet langer in marstempo, ze zongen niet meer en waren ook weer enigszins nuchter.

Ze hadden het over klussen die gedaan moesten worden en waar ze snel mee wilden beginnen, alsof ze over een paar dagen of weken weer thuis zouden zijn. Ze trokken de bloemen van hun hoed en gooiden ze langs de weg. Wat zouden ze, nu geen van hun dorpsgenoten hen nog zag?

Josefs een-na-oudste zoon, de koppige Lorenz, net negen jaar oud, was ook tot het volgende dorp meegelopen. Hij was slim, op school verbaasde, ja verbijsterde hij zijn meester met hoofdrekenen, dat talent had hij van zijn vader geërfd. Hij was het leven in de bergen nu al zat. Hij wilde geen boer worden. Alleen al dat hij zich afvroeg wat er later van hem zou worden onderscheidde hem van de andere jongens in het dorp. Hij was geïnteresseerd in motoren, al waren er in het dal, dat simpelweg 'het woud' werd genoemd, niet veel, en waren het altijd dezelfde. Zijn vader had hem op zijn schouder geklopt, meer niet, dat was zijn afscheid. Thuis moest Lorenz voor de dieren zorgen, de twee koeien en de geit. En er was een hond. Die noemden ze Wolf. Vader had hem goed afgericht. Hij hoefde niet aan de ketting. Vader had met stenen een lijn om het huis gelegd, daar ging de hond nooit overheen, wat er ook gebeurde. Toch was de adjunct-postbode bang voor hem. Als Maria de postbode zag aankomen, haalde ze de hond binnen. Dat had Lorenz nooit gedaan. Hij hield van de hond, hij hoorde bij het gezin, je haalde toch ook geen gezinslid binnen als er iemand aan kwam die niet bij het gezin hoorde? Tot slot was er nog een kat, die de restjes toegeworpen kreeg, en als er geen restjes waren moest ze zelf op pad.

Lorenz dreef de koeien de wei in, het was er al veel te

laat voor, maar de dag was vandaag anders begonnen dan anders. Voordat vader op pad was gegaan, had Heinrich, de oudste zoon van Josef en Maria, de koeien en de geit gemolken. Ondertussen had vader zich lang en uitgebreid en met veel zeep gewassen bij de put, ook zijn haar. Moeder had de kinderen naar binnen geroepen, ze wilde niet dat ze hun vader naakt zagen. De geit bleef dag en nacht achter haar hek. Lorenz bracht haar een lading hooi en keek in de dwarsbalkjes van haar ogen. En dacht wat hij altijd dacht als hij voor de geit stond: waarom heeft niet iedereen dezelfde pupillen? Katten hadden rechtopstaande spleetjes, geiten dwarsbalkjes, mensen ronde gaten.

Wat had er van hem kunnen worden, van mijn oom Lorenz, als hij niet een van de bagage was geweest! Wat had er van zijn broers en zussen kunnen worden?

'Oorlog is normaal,' zei Lorenz eens tegen mij. De samenhang met het gesprek dat hij voerde, en waar ik sowieso niet aan deelnam, was me niet duidelijk. Als mijn oom Lorenz met mijn vader praatte, hield ik mij even stil als de paraplu die aan de rugleuning hing van de stoel waarop hij zat.

'Wat bedoel je daarmee?' vroeg ik, nadat ik mijn keel had geschraapt. Hij had de gewoonte om mij ofwel te negeren, of zich plotseling tot mij te wenden en met zijn wijsvinger in mijn borst te prikken. Mijn charismatische oom. Hij was aardig en onaardig tegelijk, op een en hetzelfde moment.

Hij antwoordde. 'Waarom zou ik iets anders zeggen dan ik bedoel, meisje? Ik bedoel wat ik zeg: oorlog is normaal.' Was hij vergeten hoe ik heette?

Als hij bij ons op visite kwam, had ik geen rust. Ik was altijd op mijn hoede. Ergens voor. Hij had in de Tweede Wereldoorlog in Rusland gezeten, hij had thuis een vrouw, en bleek toen in Rusland ook een vrouw en een kind te hebben, maar die had hij in de steek gelaten, hij was aan de lange reis begonnen, terug naar zijn vrouw in ons land, soms had hij een stuk met een militair voertuig kunnen meerijden, soms had hij, zonder te betalen, een stuk per trein afgelegd, hij had ook achter op een motor gezeten, maar hij had voornamelijk gelopen. In mijn kindertijd kwam hij vaak bij ons op bezoek. Hij schaakte met mijn vader. Hij haatte het achterlijke dorpsleven. Daar hadden mijn vader en hij het over – mijn vader had ook niks op met boeren, hij was per slot van rekening geboren als zoon van een dienstmeid in de Lungau, en zijn vader, een welgestelde boer, had nooit naar hem omgekeken. Oom Lorenz had in ons land drie kinderen, nog voor ze de gelegenheid hadden gehad ergens in te slagen beschouwde hij zijn zoons als mislukkelingen, waarna ze ook mislukten; een van hen knoopte zichzelf op aan een boom. Oom Lorenz heeft openlijk toegegeven dat hij in Rusland een tweede gezin had. Hij was vijftig toen een dronken automobilist hem doodreed op de Rijnbrug in Bregenz. Zijn hond lag naast hem te janken. Ik heb mijn zoon naar hem vernoemd. 'Maar ik ben niet zoals hij en ik wil ook niet zo zijn,' zegt die.

Heinrich hielp zijn moeder het meest. Toen dit verhaal speelde was hij elf, twee jaar ouder dan zijn broer Lorenz. Hij was een stille jongen die nooit iets anders wilde worden dan boer. Zijn moeder zei vaak tegen hem: 'Jij bent nog volwassener dan ik! Haal eens gekkigheid uit,

Heinrich!' Maar hij haalde geen gekkigheid uit. Hij wilde zo graag boer worden dat hij zich nooit afvroeg of er misschien ook andere mogelijkheden voor hem waren. Hij kon er niet tegen dat Lorenz zich bij ieder wissewasje afvroeg of het ook anders kon lopen. Rekenen deed hij tot het einde van zijn leven op zijn vingers.

Moeder, had vader gezegd op de avond voor hij naar het front ging, moeder mag alleen het huishouden doen, Heinrich en Lorenz moesten het boerenwerk doen. Katharina, die elf was, hielp haar moeder met de was en in de keuken. Walter kon nog nergens mee helpen, die speelde met de houten tol die Heinrich voor hem had gesneden, al kreeg hij hem nooit echt aan het draaien.

Tegen Katharina zei ik 'tante Kathe'. Toen ze overleed was ze bijna honderd. Ze verfde haar haar zwart. Ze was slank en bleef tot op het laatst kaarsrecht lopen. Ze had rechte schouders en als je haar van achter zag, ook op haar tachtigste nog, gaf je haar hooguit veertig; ze liep als iemand die midden in het leven stond. Als je haar van voren zag, dacht je zo dat ze een indiaan was, als op zo'n oude prent. Als je haar in haar gezicht keek, was de wereld net een oude zwart-witfilm, een western, iedere plooi een scherpe lijn. Ze had een lange haakneus en een mond die eruitzag alsof ze ieder moment kon zeggen: 'Je kan m'n rug op.' Ze was erg op mijn zussen gesteld, vooral op de oudste, omdat die min of meer onzichtbaar was en onberispelijk. Ik was haar te wild, zei ze, ze kon niets met me. Ik vroeg wat ze daarmee bedoelde, dat ze niets met me kon. Daarop hakte ze met haar hand in de lucht, meer niet. In de nazomer, als het donker begon te worden, stuurde ze me er met haar zoon op uit om appels te gaan halen. Dan moesten we de tuin van een van haar buren in sluipen, aan de Gravensteiner schudden, twee rugzakken volladen met appels en weer wegwezen. Ik kreeg dan altijd een slecht geweten, alsof ik – ik! – tante Kathe en haar zoon, die mij altijd aankeek alsof ik uit een crimineel nest kwam, ertoe had aangezet.

En mijn oom Walter? Die is in de Bodensee verdronken toen hij tweeënveertig was. Hij was een rooie – mijn moeder en hij waren de enigen van de bagage zonder zwart haar – en had een pokdalig gezicht met een hoog voorhoofd en een bovenlichaam dat wel uit marmer gehouwen leek. Hij zat achter alle vrouwen aan en kennelijk konden die vrouwen dat wel waarderen. Naast zijn echtgenote, een dikke vrouw bij wie hij vijf kinderen had, had hij een tweede vrouw, die tippelde. Op haar beurt dook de vrouw met wie hij getrouwd was in bed met een vertegenwoordiger in huishoudelijke artikelen. Op een gegeven moment vond hij het te ingewikkeld worden met zijn geliefde en gaf hij haar door aan zijn jongste broer. En toen verdronk hij. Toen zijn vader gemobiliseerd werd, was Walter net vijf geworden.

Het was begin september en nog heel warm, Lorenz trok zijn hemd uit en bond het rond zijn middel. Zijn gezicht stond al even strak als dat van zijn vader, het stond zelfs al wat grimmig. De hond wachtte voor het huis, hij zette zijn poot steeds weer op de grens die er voor hem getrokken was. Hij had nog nooit uit zichzelf een stap voorbij de rij stenen gezet. Hij trappelde en jankte van opwinding. Lorenz legde een hand op zijn kop.

'Wolf,' zei hij. 'We gaan zo op pad.'

Maria was binnen, ze lag in de slaapkamer. Die was niet veel groter dan het tweepersoonsbed. Er paste nog net een kast bij. De deur stond op een kier. Lorenz zag zijn moeder op haar buik liggen, haar hoofd op een arm. Hij sloop de gang op en klom de ladder op naar zolder. Naast een van de daksparren had zijn vader een smalle kist getimmerd, onherkenbaar als bergplaats. Daar zat het geweer in. Het cadeau van Gottlieb Fink. De munitie lag daar ook verstopt. Vader krijgt nu een geweer van de keizer, dacht Lorenz, dit hier, dit Fink-geweer, is nu van mij. Tot vader weer uit de oorlog terugkomt is het van mij. Hij stak een doosje patronen in zijn broekzak, wikkelde het geweer in zijn hemd en klom de ladder af. Hij liep naar buiten en riep naar de hond: 'Kom, Wolf!' Met zijn tweeën renden ze de helling af, langs de put, over de weg, springend van steen naar steen staken ze de beek over en verdwenen aan de overkant van het dal in het bos.

Lorenz wist een goede plek. Een kom waar je helemaal uit zicht was. Misschien zou zijn moeder de knallen horen, maar Lorenz dacht dat ze er geen aandacht aan zou besteden. Er waren soms jagers in het bos. Beneden in het dorp zou niemand iets horen. Hij zette op een mosbank vuistgrote stenen op een rij, ging twintig passen verderop tussen de varens liggen, het geweer in de aanslag, en schoot. Zijn vader had hem laten zien hoe je de terugslag opving zonder dat dat te veel pijn deed. Alleen hem, Lorenz, had vader meegenomen om te schieten. Niet Heinrich, al was die ouder. Lorenz wist waarom. Heinrich hield te veel van dieren. Hij zou nooit een jager worden. De hond sprong bij het eerste schot op. Lorenz moest hem kalmeren. Hij sloeg zijn arm om hem heen, drukte zijn kop naar beneden tegen zijn eigen hoofd aan. Van deze afstand was elk schot raak. Hij schoot het doosje patronen leeg. Vijfentwintig schoten. De trekker was zwaar afgesteld. Zijn vinger deed pijn. Dat maakte hem gelukkig.

Zodra Josef afscheid had genomen van Maria, had ze zich op bed laten vallen en haar ogen dichtgedaan. Walter ging op haar buik liggen. Eigenlijk was hij daar al te groot en te zwaar voor. Hij was een zachtmoedig kind, hij hield er ook van om tegen de hond aan te kruipen in zijn hok. Wolf was fel, zoals alle honden in het dal, maar Walter kon met hem doen wat hij wilde, en o wee als iemand van buiten de familie Walter durfde aan te raken. Hij gromde ook als een van de Moosbruggers hem aanraakte.

Katharina breide, dat had haar moeder haar geleerd, ze was er goed in, de rode wol moest een sjaal worden. Voor vader. Ze moest doorbreien, zodat de sjaal klaar zou zijn voordat de oorlog voorbij was. Moeder had afbeeldingen van soldaten gezien, de blauwe uniformen vond ze mooi, zelfs onopvallende kerels zagen er krachtig in uit. Ze kon zich niet anders voorstellen dan dat Josef in uniform naar huis kwam, en rood stond goed bij blauw.

Ze was moe en gunde zichzelf haar vermoeidheid nu Josef van huis was, anders was ze overdag nooit gaan liggen. Ze hadden weinig te eten. De burgemeester, die het meeste bezit had, zou zolang Josef weg was iedere week eten komen brengen. Dat hadden ze afgesproken. In ruil zou Josef zijn boekhouding op orde brengen zodra hij weer terug was. De kinderen waren dol op de vrolijke burgemeester, hij liet Katharina door de lucht zwieren, hoewel ze eigenlijk al geen kind meer was, en gromde voor Walter als een leeuw. Tegen Lorenz was hij terughoudend, die leek te veel op zijn vader, dat bracht de burgemeester in verwarring.

Nog op de dag dat Josef en de drie anderen naar het front waren vertrokken, kwam de burgemeester bij Maria thuis. Hij bracht aardappels, uien en appels mee. Hij had een kar beladen en door een man uit het dorp naar boven laten trekken. Zodra ze boven waren stuurde hij de man terug. Zelf was hij op zijn paard gekomen. Kersen hadden ze daar boven zelf, de lekkerste die er waren. Josef had Maria gezegd dat ze de burgemeester een zak kersen moest geven, daar was hij dol op.

De burgemeester ging bij Maria in de keuken zitten, Walter verzorgde zijn paard en Lorenz hielp hem daarbij – zo formuleerde Lorenz het, om zijn kleine broer een plezier te doen. De luiken waren gesloten tegen de felle zon. De afwas stond nog in de gootsteen. Maria liep op blote voeten, ze had haar haar in een knot gewikkeld.

De burgemeester zei dat hij in het weekeinde naar de veemarkt in L. zou gaan. Hij wilde op zoek naar een stier. Door de oorlog waren de prijzen gunstig. Maar niemand kon voorspellen hoelang nog. In de oorlog waren er geen regels meer. Ook niet waar niet geschoten werd. Bij hen in het woud zou nooit geschoten worden, dat kon hij garanderen. Maar ook hier golden oorlogsprijzen. Hij bedoelde, zei de burgemeester, dat het slim was om nu voor het dorp een stier te kopen. Iedereen zou zijn deel betalen en iedereen zou ervan profiteren. Waar het beest werd ondergebracht, zouden ze later wel zien. Josef zou precies hetzelfde hebben gezegd, als hij er was geweest, daar was hij van overtuigd. Of Maria met hem mee wilde naar L.? Hij wist dat haar zus daar woonde, daar kon ze dan op bezoek. En de veemarkt was ook altijd een beetje jaarmarkt. Al kon je er misschien weinig kopen, er was altijd veel te zien. Het zou haar goeddoen.

'Dan moet ik de kinderen meenemen,' zei Maria, 'dat gaat niet.'

Ze kon de kinderen bij zijn vrouw brengen, zei de burgemeester, die was dol op kinderen, al had ze er dan zelf nog geen op de wereld gezet, nog niet eens één.

'Eerlijk gezegd, Maria,' zei de burgemeester, 'ik heb het er al met haar over gehad.' Gewoon, hij was er al van uitgegaan dat ze meeging.

Maria zou erover nadenken.

Als ze mee wilde, moest ze die donderdag 's ochtends om half zes met de kinderen bij hen komen. Nogmaals: als ze wilde. Niemand dwong haar.

Dat was over drie dagen. Stiekem verheugde Maria zich er enorm op. Er zouden muziek en lekkers zijn, en mensen om naar te kijken en te luisteren. Dat vond ze heerlijk. Ze verheugde zich ook op haar zus, maar meer nog op de kraampjes en de muziek. Er zou waarschijnlijk een blaaskapel zijn. Al had ze gehoord dat alle blaaskapellen naar het front waren geroepen. Toch kon ze zich ook weer niet voorstellen dat er in de oorlog zó veel belang werd gehecht aan muziek.

Lorenz was kwaad toen zijn moeder hem vertelde dat de burgemeestersvrouw op Walter wilde passen en dat de anderen ook konden meekomen.

'Daar komt niets van in,' zei hij, 'we passen zelf wel op ons broertje, Heinrich en ik en Katharina. Walter heeft geen kindermeisje nodig.' Hij bracht zijn bezwaren tegen de veemarkt scherp onder woorden. 'Jij als vrouw, wat wil je daar, je hebt toch geen geld.' Het was volslagen onzin, wat had ze er in vredesnaam te zoeken.

'Je houdt nú je mond,' zei zijn moeder. 'Je bent pas negen en je hebt mij niets te verbieden!' Ze zag haar man in Lorenz en dat ergerde haar.

'Mag ik dan tenminste Wolf meenemen naar de burgemeester?' vroeg Lorenz. Nu keek hij beteuterd en Maria had spijt dat ze zo tegen hem was uitgevallen.

'Nee, dat kan niet,' zei ze. 'Hij is bang voor hem.'

'Maar hij is er helemaal niet, hij gaat met jou weg.'

'Toch kan het niet.'

'Maar Wolf redt het niet alleen.'

'Een dier redt zich altijd.'

'Waarom kan ik niet met Wolf hier blijven?'

'Daarom niet.'

Uiteindelijk gaf ze toe. Lorenz mocht thuisblijven. Met de hond. Walter jammerde. Katharina en Heinrich vonden het best. Hun broer Lorenz speelde graag de baas over ze, zeker als er andere mensen bij waren. Dus vonden ze het best als hij thuisbleef.

Maria naaide van het slaapkamergordijn een blauwe jurk, ze werkte eraan tot haar ogen pijn deden, ze werkte 's nachts bij het schijnsel van de petroleumlamp. Ze wilde de jurk bij haar reis aan, met de strohoed met de opgestikte klaprozen. Het was maar een paar kilometer naar L., maar het was een reis. Ze draaide rond voor de spiegel in de kastdeur en was zeer content. Ze zou voor op de bok zitten, naast de burgemeester. Ze vond het een heerlijk vooruitzicht.

Ze wilde een aardigheidje meebrengen voor de kinderen. Er zat altijd wat kleingeld in de suikerpot, dat stopte ze in haar handtasje. Dat was haar pronkstuk, een cadeau van Josef, met schelpen aan de zoom genaaid en een paarlemoeren gesp, vastgenaaid met een draad van een materiaal dat ze niet kende, een rode draad, glad, glanzend en onverwoestbaar.

Maria's zus was getrouwd met een handelaar die veel ouder en veel rijker was dan Josef. Hij kwam uit het Rijndal en had zakelijk instinct. Hij vertelde dat steeds meer boeren in het Rijndal een kleine loods aan hun stal vastbouwden en naaimachines pachtten, het was weinig werk, maar bracht wel wat op, en het gaf hun een extra bron van inkomsten. Hij, haar zwager, wilde dit in hun dal introduceren. Hij had het er met Josef over gehad kort nadat hij met Maria's zus getrouwd was, hij was er speciaal voor naar ze toe gekomen, het hele dal was hij door gereden, op een paard zo prachtig dat de kleine Walter van geluk in huilen was uitgebarsten toen Kaspar, zoals de man heette die Maria op handslag had beloofd dat hij haar zus gelukkig zou maken, hem in het zadel had getild en Lorenz de teugels had gegeven, zodat die het paard met zijn broertje erop in de rondte kon laten lopen. Een man als Josef kon hij goed gebruiken, had haar zwager gezegd, iedereen in het dal wist hoe goed hij kon rekenen. Pas toen had Josef voor het eerst een woord gezegd. 'Kruiper!' Maar wilden ze dan niet met z'n allen uit die troosteloze uithoek van het dal weg, was haar zwager meteen doorgegaan, waar hun geen enkele toekomst wachtte, hun niet en hun kinderen al helemaal niet, wilden ze niet naar L. verhuizen? Josef moest toch ook aan zijn kinderen denken. Zíj hadden al telefoon en elektrisch licht. En de eerste postauto, als dat geen vooruitgang was! Maar haar zwager had nog een idee gehad. Een wild idee, volgens Bella, Maria's zus. Wat nu als ze met z'n allen naar Bregenz verhuisden? Gewoon, met z'n allen! Een groot huis bouwen! Een groot bedrijf beginnen! Een nieuw bestaan! Een nieuw leven! Dat was anderhalf jaar geleden geweest. Kaspar en Bella waren nu anderhalf jaar getrouwd en hadden nog geen kinderen.

Stipt om half zes stond Maria met Heinrich, Katharina en Walter voor het huis van de burgemeester en trok aan het schelkoord.

De vrouw van de burgemeester deed open en sloeg haar handen voor haar gezicht. 'Wanneer heb ik jullie voor het laatst gezien?' riep ze uit.

'Een maand geleden misschien,' zei Maria.

'Hoe moet dat aflopen,' lachte de burgemeestersvrouw, 'als jij elke maand dubbel zo knap wordt, Maria! Ik mag hopen dat de duivel geen plannen met je heeft!'

Het ontbijt voor de kinderen stond klaar. Voor haar man en Maria had de burgemeestersvrouw een trommel met belegde broodjes en hardgekookte eieren klaargemaakt.

De burgemeester spoorde de paarden aan, hij wilde indruk maken op Maria – twee dikke paarden met een brede bruine rug, het rechter had lichte, lange manen en net zo'n staart, het linker had een trots hoofd en was onrustiger dan het andere. Maria hield haar hoed vast, zodat die niet kon afwaaien. Ze had precies in de gaten hoe de burgemeester naar haar toe schoof, zodat hun bovenbenen elkaar bij sommige bewegingen raakten. Ze trok haar jurk strak om zich heen.

'Je kunt vast mooi zingen,' zei de burgemeester, 'wat is je lievelingslied? Laten we dat zingen. Ik zing ook graag.'

'"Maria door een doornwoud trad",' zei Maria, deels serieus, deels gekscherend.

'Maar dat is een kerklied!'

'Het is een canon,' legde ze uit. 'Dat is mooi, als je kunt zingen.'

'Ik ga nu toch geen kerklied zingen,' zei de burgemeester.

'Dan niet,' antwoordde Maria.

Ze draaide haar hoofd weg en deed alsof er langs de weg iets interessants te zien was. De wagen had rubberen banden, dat reed heerlijk en was iets bijzonders, in deze afgelegen streek tenminste wel. De weg was hobbelig, het fijne, vlakke wegdek begon pas twee dorpen verderop. De burgemeester stond even op van de bok, liet de teugels op de rug van de izabel kletsen en ging meteen weer zitten, nu toevallig nog dichter naast Maria. Daar had ze op gerekend. Zo zou het op de heenweg gaan, en op de terugweg ook. Hij zou zich zo nu en dan over haar heen buigen, omdat hij ergens iets moest nakijken of zo, en haar telkens lichtjes aanraken, zonder duidelijke opzet. Als het daarbij bleef, hoefde ze er niets van te zeggen. Ze was benieuwd wat hij allemaal zou bedenken om het onopzettelijk te laten lijken. En of hij ook nog een keer met opzet iets zou doen wat opzettelijk zou lijken. Ze was niet bang voor de burgemeester. Maar zijn adem vond ze niet fijn. Te dichtbij. Niet dat hij stonk, eerder het tegenovergestelde. Hij sabbelde op pepermunt. Juist omdát hij lekker wilde ruiken. Ondertussen schoot het door haar hoofd dat ze aardig tegen hem moest zijn, ze kon immers het een en ander van hem verwachten. Hij zou haar van levensmiddelen voor haar en de kinderen voorzien, en ze zou hem ook om stof en garen kunnen vragen. En om schoenen. Heinrich schaamde zich er niet voor de schoenen van een ander te dragen, zijn voeten waren zo groot als die van een volwassen man. Maar Lorenz weigerde consequent iets aan te trekken wat een ander gedragen had, omdat het altijd een geschenk zou blijven. Zijn principe was: van niemand een geschenk aannemen, dan hoef je ook niemand dankbaar te zijn. Van Katharina wist ze het niet zeker. Die kon net zo koppig zijn als Lorenz, maar ze was dol op mooie kleren, vooral als die ook nog eens lekker roken. De kleine Walter vond alles prima waar zijn moeder mee aankwam. En schoolspullen hadden ze ook nodig. De school ging bijna beginnen.

'Burgemeester,' zei ze, 'zit het lekker, zo dicht tegen mij aan?'

'Pardon,' zei hij en hij schoof weg.

'Ik bedoel maar,' zei ze.

'Niemand hoeft mij burgemeester te noemen,' zei hij, 'wij tweeën in ieder geval niet.'

'Gottlieb,' zei ze.

Na een tijdje zei hij: 'Gottlieb betekent hetzelfde als Amadeus. Wist je dat, Maria?'

'Nee, dat wist ik niet.'

'Net als Amadeus Mozart,' zei hij.

'Nee, dat wist ik niet,' herhaalde ze.

De burgemeester had overal connecties. Ze had ook bij haar zus om het nodige kunnen vragen. Die had dat vast in overvloed. En ze had het graag gegeven. Maar dan was ze in een nog afhankelijker positie geraakt. Als ik al te koppig doe, dacht ze, krijgen we helemaal niets. Hij mag me een kus op mijn wang geven en doen alsof die vriendschappelijk is, en hij mag me bij mijn bovenarm vasthouden, maar meer niet, niet al te hoog, want ik zweet al onder mijn oksels. Maar meer zal hij ook niet nodig hebben om de weldoener uit te hangen, en meer zal hij niet doen. Zelf wil ik in elk geval niks van hem.

Ze reden op de gemeente L. af en hoorden al uit de verte koebellen en muziek. Als kind was ze elk jaar op de veemarkt geweest. In die tijd waren er ook voor het eerst kermisattracties geweest, schiettenten bijvoorbeeld, waar de jongens peperkoekharten konden winnen, een kraam waar drie verschillende kleuren suikerspin werden gemaakt, losse, onoverdekte tafels waarop ringetjes, kettinkjes, armbanden en halsdoeken aangeboden werden, en kraampjes met taart en streekproducten – dé sensatie was indertijd bladerdeeg. De bezoekers waren goedgekleed, ze droegen de mooiste kleren die ze maar hadden. Ze dronken most. En ze hadden rode hoofden, vroeg in de ochtend al. Er speelde een blaaskapel. Dus toch. Met achteraan een bekken, een grote trommel en een kleine trommel. Josef had als jochie klarinet gespeeld, maar had er zelf geen gehad en was daarom gestopt met spelen. De kapel speelde drie keer achter elkaar dezelfde militaire mars, tot echt iedereen er genoeg van had. Toen borgen de muzikanten hun instrumenten op. Laat in de middag zouden ze verder spelen.

De burgemeester dronk most. Hij was een bekende tegengekomen, die de kan al ophield om bij te schenken. Maria moest vooral rustig rondkijken, ze zouden elkaar hier niet kwijtraken, zei de burgemeester. Achter een omheining stond het vee opgesteld: koeien, schapen, geiten. Er waren drie stieren bij, gevlekte, met een ring door de neus, die met een korte ketting in de grond waren vastgezet. Ze kon de wanhoop in hun ogen niet aanzien. Boeren onderhandelden in hun zondagse goed met elkaar, kletsten met hun hand op de ruggen van de runderen, streelden de kalfjes en lieten hun handen aflikken.

Er was een kraam met rollen stof. Maria bleef er verbaasd staan kijken, dat zit in onze familie, wij vrouwen voelen graag aan stoffen, mijn moeder, mijn tantes en ik al helemaal en mijn grootmoeder Maria dus ook.

'Pakt u de stof maar rustig vast,' zei de verkoopster, een Zwabische, en Maria nam de stof tussen duim en wijsvinger en wreef erover.

'Niet zo voorzichtig,' zei de verkoopster, 'u moet hem stevig vastpakken.'

Maria wist niet wat ze met 'stevig vastpakken' bedoelde. De verkoopster deed het voor. 'Eerst uw mouw opstropen,' zei ze, ze deed het bij Maria's bloes, maakte de knoopjes los en stroopte de mouw naar boven tot onder de oksel, waar het inmiddels behoorlijk klam was, 'en dan met uw armen door de stof alsof het water is. Voelt u hoe koel hij is? Heerlijk toch, zeker nu het zo warm wordt. Ik heb medelijden met die soldaten, oorlog aan het einde van de herfst of in het voorjaar was toch beter geweest. Nu moeten ze met volledige bepakking door de zon sjouwen, terwijl het in Italië nog warmer is dan bij ons.'

'Dank u,' zei Maria en ze schoof haar mouw weer naar beneden, maar knoopte hem niet dicht.

De burgemeester stond achter haar. 'Welke kleur vind je het mooist?'

'Hemelsblauw,' zei Maria.

'Rood zou je beter staan,' zei hij.

'Het is alleen niet voor mij.'

'En als het wel voor jou was?'

Er was ook schnaps. De burgemeester vroeg of ze een slokje wilde, maar dat was voor de grap. Hij hield wel van een drankje, maar dronken was hij nooit. De meeste mannen dronken zelden, maar áls ze het deden, zopen ze zich helemaal klem. Josef dronk nooit.

Ze zou eerst even bij haar zus en haar zwager langsgaan, zei ze, en dan samen met hen weer terugkomen naar de markt.

Maar dat was ze niet van plan. Ze wist niet wat ze wilde, de markt interesseerde haar al helemaal niet meer. Het was nog lang geen zes uur. Bij een snoepkraam zag ze een ronde lolly, zo groot als een handpalm, rood met wit en groen, in naar binnen draaiende spiralen. De verkoper zei dat het rode aardbei was, het groene lievevrouwenbedstro en het witte citroen. Het was een enorm ding dat nooit in een mond paste, al helemaal niet in die van een kind. Je moest er stukken van afbreken en die dan verdelen. Maar dan was hij kapot. Hem dan maar opbergen zou onzinnig zijn. Het kon een gezamenlijk cadeau zijn, ze kon hem in de keuken ophangen en wie wilde, kon er dan aan likken. Of Heinrich mocht hem vijf minuten hebben, en dan Katharina vijf minuten en Walter vijf minuten, en Lorenz als hij wilde ook vijf minuten. Maar ze was bang dat Lorenz zou zeggen: 'Waarom geef je geld uit aan zulke onzin, ik wil er niet aan likken.' Dan zou hij de enige zijn waar ze niets voor had meegebracht. Ze had een houten wagentje gezien, een eindje verderop, dat kon Heinrich achter zich aan trekken en dan kon Walter erin gaan zitten. Maar dan zou Lorenz ook weer niets hebben. Maar wat was nou iets voor hem? Niet iets om te eten in ieder geval, hij zou het met zijn broers en zussen delen en zelf weinig of niets houden.

Er kwam een man naar haar toe, een vlotte kerel, hij droeg alleen een wit hemd en een zwarte broek, had geen jas bij zich en zag er vreemd uit en hij praatte vreemd, maar vooral zijn kapsel was vreemd: aan de slapen bijna kaal en bovenop een dikke bos haar.

'Zoekt u iets bepaalds?' vroeg hij.

'Hebt u hier een kraam?' vroeg ze. 'Ik zoek iets voor mijn zoon van negen.'

'En waar houdt hij van?'

'Dat weet ik nou juist niet. Wat praat u raar. Ik heb nog nooit iemand zo horen praten. Wat bent u er voor een?'

Nu moest de vreemdeling hardop lachen, een hele tijd. 'En ik heb nog nooit meegemaakt dat een vrouw zo direct is.'

'Wat bedoelt u met direct?' vroeg Maria.

'Stel dat ik een scheve neus had, en ik zou u vragen of ik een scheve neus had, dan zou u waarschijnlijk zeggen dat ik inderdaad een scheve neus heb. Of niet?'

'Wat moest ik anders zeggen?'

De vreemdeling moest een paar keer hard en lang lachen. Deze anekdote heeft mijn grootmoeder verteld aan haar oudste dochter Katharina, zij het pas een paar jaar later. Mijn tante Kathe vertelde hem weer aan mij door. Ze zei dat haar moeder, mijn grootmoeder, één keer in haar leven dronken was geweest, ze had niet geweten waarom, maar zomaar opeens, alsof ze door de bliksem getroffen was, had haar moeder verteld dat ze één keer in haar leven verliefd was geweest, en wel op deze man, en dat ze sindsdien wist dat verliefd zijn niets betekende, en liefde alles. In nuchtere staat had Maria nooit zo tegen haar dochter gepraat.

'Ik heet Georg,' zei de vreemdeling en hij stak zijn hand uit naar Maria. 'Ik kom uit Duitsland, uit de stad Hannover, ik ben hier niet zomaar. En u?'

Hij wil me niet keuren, dacht Maria, maar hij keurt me toch, en het lukt hem niet zijn verbazing te verbergen omdat ik zo knap ben. Dergelijke gedachten had ze al vaak gehad. Het was geen kunst de blikken van mannen te peilen. Hij vertelde dat hij in het dorp was om een familie droevig nieuws te brengen. De zoon des huizes was gestorven, het was een vriend van hem geweest, zijn beste vriend, en het was aan hem de arme mensen het nieuws te brengen.

'Bent u dan al aan het front geweest, en is uw vriend gesneuveld?' vroeg Maria.

'Nee,' zei hij, 'het was een ongeluk, het had niks met die stomme oorlog te maken.'

Hij wilde er verder niet over praten, dat merkte ze, maar hij wilde het gesprek ook niet afbreken omdat hij bang was dat ze zich dan zou omdraaien en weglopen. Hij vroeg of ze hiervandaan kwam.

Ze antwoordde kortaf. Ik ben dol op hem, dacht ze, op deze Georg. Dat was een feit. Maar ze was ook dol op de bergen bij avondlicht. Dat ze verliefd was, zou ze pas later merken. Hij noemde de naam van de familie die hij zocht, een veelvoorkomende naam. Ze zei maar dat ze de familie niet kende. Bij hun afscheid gaven ze elkaar een hand, stijfjes, toen ging ze op weg naar haar zus, zonder ook maar één keer om te kijken, ze bleef naar de grond staren. Het huis stond op een heuvel, hij kon haar nakijken tot ze boven was.

Haar zwager stond in de voortuin en riep zijn vrouw, die naar buiten kwam, waarna ze elkaar in de armen vielen. Vervolgens aten ze brood met spek en dronken water met een scheut azijn en zaten ze voor het huis en keken naar de markt beneden. Om zes uur was Maria weer beneden, nu was het minder druk, iedereen had alles al gezien.

'We moeten ervandoor,' zei de burgemeester.

Hij had een uitstekende bui en praatte honderduit. Hij had een stier gereserveerd, en die zou bezorgd worden, hij hoefde zich nergens druk om te maken, pure luxe, een enorme aanwinst voor iedereen die een koe had. Hij praatte de hele weg lang, onafgebroken. Hij reed door het dorp en zijn eigen huis voorbij en liet Maria niet aan het woord, en vervolgens deed hij alsof hij vergeten was dat Heinrich, Katharina en Walter bij zijn vrouw wachtten om te worden opgehaald.

'Ik stuur ze naar je toe. Het is nog licht genoeg. Wat beweging is goed voor ze, dan slapen ze beter.'

Bij de put hielp hij Maria uit de wagen en gaf hij haar een pakje in bruin papier. Voor de kinderen had hij zijdebonbons gekocht en ook nog schoolspullen. En voor haar, Maria, een apart pakje. Uit dankbaarheid ging ze op haar tenen staan en gaf ze hem een kus, hem, Gottlieb, Amadeus. Lorenz zat naast de hond op het verandatrapje, zijn ellebogen op zijn knieën, zijn kin in zijn handen, en keek naar ze.

In het aparte pakket zat rode, glanzende stof en naaigaren.

Opeens stond hij voor de deur. De vreemdeling die Georg heette. Onaangekondigd. Niemand kondigde ooit zijn komst aan bij Maria en Josef. Hoe ook? Waarom ook? Eerst iemand sturen om te zeggen dat je er dan en dan aan kwam? Wat had dat voor zin? Twee keer dat stuk. Toch mocht je van een vreemdeling verwachten dat hij een jongen uit het dorp vroeg om hem te brengen. Om duidelijk te maken dat hij niets kwaads in de zin had. Opeens stond hij voor haar – ze hing alweer de was op, ze hield een wit hemd vast dat ze nu al drie keer gewassen had. Uit onoplettendheid. Of had het schone hemd zichzelf de wasmand in weten te smokkelen, omdat het de laatste geurresten van Josef wilde kwijtraken, omdat de dingen meer wisten dan de mensen en het hemd wist dat Josef niet meer zou terugkeren? Nee, Maria was niet bijgelovig. De vreemdeling keek haar gewoon aan. Zij, met de manchetten in haar handen, met uitgestrekte armen zodat het hemd niet op de grond kwam. De hond had geen kik gegeven. De man boog zich naar hem toe, krauwde hem achter zijn oor, klopte hem op zijn nek, zonder Maria uit het oog te verliezen. Zijn blik drong door tot in het binnenste van haar ogen.

Die uitdrukking gebruikte mijn moeder soms. Als ze dacht dat ik haar had voorgelogen, zei ze: 'Kijk eens in het binnenste van mijn ogen!'

Op een dag zei ik tegen haar – ik was nog maar acht, maar ik kon me al enorm over onze familie opwinden, omdat ik al zo veel verhalen had gehoord, vooral over de broers van mijn moeder, van wie er, op Heinrich na, niet een zo was als de andere mannen –, ik zei toen tegen mijn moeder: 'Geen mens praat zoals jij! Jij praat altijd anders dan alle anderen! Waarom moet jij anders praten dan alle anderen!'

En zij zei: 'Geef eens een voorbeeld. En sla een andere toon aan!'

En ik zei: 'Kijk eens in het binnenste van mijn ogen, bijvoorbeeld, niemand zegt: kijk eens in het binnenste van mijn ogen. Als mensen al zoiets willen zeggen, dan zeggen ze: kijk me eens aan, niet: kijk eens in het binnenste van mijn ogen!'

Dat had ze van haar moeder, zei ze. 'Van die mooie grootmoeder van jou.' Om er in één adem aan toe te voegen: 'Die was net als jij.'

Ik werd nog kwader. 'Wat wil je daarmee zeggen?' riep ik stampvoetend. 'Wat wil je daar nou weer mee zeggen? Jij met je toespelingen altijd.'

En zij antwoordde: 'Pas maar op dat je niet zo wordt als zij!'

Mijn 'mooie' grootmoeder was een voorbeeld en een schrikbeeld tegelijk. Ze stond voor alles wat goed was, maar als ik iets deed wat mijn moeder niet beviel, dan zei ze dat ik moest oppassen dat ik niet zo zou worden als zij. Het goede aan mijn grootmoeder was haar zachtmoedigheid en dat ze naar iedereen luisterde, dat ze vond dat iedereen een luisterend oor verdiende tot hij helemaal was uitgepraat en dat alleen wie aan het woord was kon bepalen wanneer hij was uitgepraat. Ik denk weleens dat mijn grootmoeder eerder onverschillig en flegmatisch was dan zachtmoedig. Iets anders wat je mijn grootmoeder moest nageven, was dat ze niemand iets nadroeg. Haar enige ondeugd was haar schoonheid. Wat vanwege de gevolgen een ondeugd was. Bij ons thuis vonden ze mij knap. Dat werd niet letterlijk zo gezegd, maar dat kon ik afleiden uit andere uitspraken. Die uitspraken waren trouwens allemaal negatief. 'Jij denkt dat je met jouw knappe gezichtje overal mee kunt wegkomen!' Of: 'Doe je haar in een staart, jij hoeft niet ook nog een mooi kapsel te hebben!' Of gewoon: 'Kijk uit dat je niet zo wordt als je grootmoeder!' Inmiddels geloof ik dat mijn moeder dat niet als een dreigement bedoelde. Ze bedoelde dat ik moest oppassen omdat een knap gezichtje je ook in gevaar kon brengen. En als ze dat dacht, dan had ze daar haar redenen voor. Helemaal achter in het dal had een vrouw er geen baat bij als ze knap was. Dat dacht ze. Nog tot na de dood van mijn grootmoeder werd er daar achter in het dal over haar schoonheid gepraat.

Ik loop vooruit op iets wat pas veel later in het verhaal aan de orde komt, maar ik kan me niet inhouden, ik wil het meteen vertellen: op een gegeven moment stond de pastoor voor het huis van Maria en Josef achter in het achterste dal, even onaangekondigd als de vreemdeling die Georg heette. Maar de pastoor was niet vriendelijk, zoals de vreemdeling wel was geweest. De vreemdeling was namelijk vriendelijk. Hij was vriendelijker tegen

Maria dan er ooit iemand tegen haar was geweest. Zelfs Josef niet. Die kon teder zijn. In het donker zelfs heel teder. Hij was behulpzaam en wat niet al. Maar vriendelijk was Josef niet. Zo was zijn karakter niet. De vreemdeling was zo vriendelijk dat de verschillen tussen man en vrouw verdwenen. Maar de pastoor zei zomaar, zonder dat hij haar begroet had:

'Draai je gezicht naar de zon!'

En dat deed Maria. Al vroeg ze nog wel: 'Waar is dat voor nodig?'

'We kunnen alles van je gezicht aflezen,' zei de pastoor.

'Wat dan bijvoorbeeld?' vroeg ze.

'Hoelang is je man nu al weg?' vroeg de pastoor, maar het klonk als een bevel.

'Zolang het oorlog is,' zei Maria.

'En je buik?'

'Welke buik?'

'Jouw buik, vuil secreet! Hoelang heb je die buik al?'

Ze had willen zeggen dat er niemand zo tegen haar hoefde te praten, ook een geestelijke niet. Maar ze was zo geschrokken van zijn getier, dat ze stilviel.

'Het is dat vervloekte gezicht van jou!' riep de pastoor. Hij had zich omgedraaid en riep het dal in, alsof hij op de kansel stond en zijn gemeente beneden luisterde en naar hem opkeek, rechts de vrouwen en links de mannen. 'Wie gelooft er nu dat Onze-Lieve-Heer ooit zo'n gezicht zou maken? Wie gelooft er nu dat Onze-Lieve-Heer zo onrechtvaardig is? De vrouwen beginnen te jammeren als ze jouw gezicht zien, ze beginnen te klagen bij hun man. Waarom ik niet? Dat zeggen ze. Alsof hun man jouw gezicht heeft gemaakt, om zich eraan te vergapen. Dat is wat ze me zeggen als ze bij me in de biechtstoel zitten. Waarom ik niet? Alsof ík jouw gezicht heb gemaakt. Van welke drek had ik dat moeten doen? Van welke drek had ik zo'n gezicht moeten boetseren? Dat soort drek hebben we hier niet. Dat hebben ze in de stad misschien. En van je gezicht gaat het dan rechtstreeks naar je buik. Ha! Dat is maar een klein stukje. Je kunt het de mannen niet eens kwalijk nemen. Zo denk jij er toch ook over, of niet soms? Zeg op, Maria! Wat denk jij? Zeg dan wat je denkt! Als ik het jou nu vraag, vuil secreet, dan zeg jij, dan is jouw antwoord natuurlijk: Als Onze-Lieve-Heer je zo'n mooi gezicht geeft als mij – geef maar toe, dat is wat je zou zeggen – dan geeft Hij je ook het recht om je met mannen in te laten. Dat je ze bij je kunt toelaten. Want waar heb je anders zo'n mooi gezicht voor? Dat is toch hoe jij erover denkt! Geef het maar toe! Geef het maar toe!'

Alleen maar omdat mijn grootmoeder zwanger was. En Josef in de bergen bij Italië aan het vechten was. Dit gebeurde toen de oorlog een half jaar oud was. Josef kan het niet geweest zijn, dacht de pastoor en met hem waarschijnlijk het hele dorp. Terwijl mijn grootvader al twee keer verlof had gehad, al duurde dat beide keren maar kort. Het verlof stelde niets voor, dachten de pastoor en de anderen. Zodra Maria's buik zich duidelijk aftekende, werd erover gepraat. Ook andere vrouwen van soldaten waren zwanger, maar daarover werd niet gepraat. In die gesprekken werd het nagerekend. Goed, een verlof duurt drie dagen. Had een soldaat als hij uit de strijd kwam niet minstens één dag nodig om uit te rusten, één dag waarop hij verder niets voor elkaar kreeg? Natuurlijk had hij dat nodig. Dan bleven er dus nog twee dagen over. Normaal gesproken waren man en vrouw van elkaar vervreemd als de man net was teruggekeerd uit de strijd, dat hoorde je altijd, en normaal gesproken duurde die vervreemding zelfs langer dan de vermoeidheid. Maar laten we zeggen dat het een dag duurde. Goed. Dan was er dus nog precies één dag over voor de voltrekking van de huwelijkse plichten. En dat het precies op die ene dag lukte, kon je toch wel onwaarschijnlijk noemen. Of op zijn minst niet erg waarschijnlijk.

Maria was zwanger en mijn moeder zat in haar buik.

Mijn grootmoeder kon de blik van de vreemdeling niet weerstaan. 'Flink zijn,' beval ze zichzelf. Zo'n bevel kon voor haar maar over één ding gaan: lust. Verder was er in haar leven niets waar ze flink tegen moest zijn. 'Je moet flink zijn!' Dat had haar moeder haar al bevolen. Die had haar eens betrapt toen ze de hand aan zichzelf had geslagen. Die uitdrukking 'de hand aan zichzelf geslagen' had haar moeder ook gebruikt. Later had Maria de uitdrukking ergens gelezen, maar toen werd er gedoeld op iemand die zichzelf van het leven had beroofd. 'Hij had de hand aan zichzelf geslagen.' Hoe hij het had gedaan, had er niet bij gestaan. Met een mes, had ze gedacht. Dan hield je met je ene hand het mes vast en sneed je in je andere hand, in je onderarm. Je moest trouwens niet overdwars snijden, maar in de lengte. Geen idee waar ze dat nu weer vandaan had.

'Je moet flink zijn!' beval mijn tante Kathe mij ook. Na het overlijden van mijn moeder kreeg zij het gezag over ons. 'Je moet flink zijn!' Ze zei het niet als ik weer eens geen huiswerk wilde maken, of koppig was, maar als ze dacht dat ik mijn hoofd op hol had laten brengen door een jongen. Dat ik moest oppassen dat ik niet zo werd als mijn grootmoeder, dat heeft mijn tante Kathe nooit tegen me gezegd.

Mijn grootmoeder vond de man leuk, ze had haar hoofd door hem op hol laten brengen. Ze vond hem, deze Georg, zelfs leuker dan ze Josef ooit had gevonden. Josef associeerde ze met alle zaken die het huwelijk met zich meebracht, en het een deed afbreuk aan het ander. Bij deze man ging het alleen om lust.

'Ik ben getrouwd,' was het eerste wat ze tegen hem zei.

Hij zei: 'Dat weet ik toch.'

'Mijn man is aan het front,' zei ze.

Hij zei: 'Dat spijt me.' En na een korte pauze: 'Ik hoor niet bij de mensen die blij waren met de oorlog, helemaal niet.'

'Ik ook niet,' zei Maria.

'Je man waarschijnlijk ook niet.'

'Nee, hij ook niet.'

'Hij zal ook niet zo heel anders zijn dan jij, anders had je hem niet genomen.'

Ze voelde zich ongemakkelijk. Bovendien werden haar armen zwaar, ze stond nog altijd met dat hemd in haar handen. Als om hem af te weren. Bij Josef was ze op haar gemak. Meestal. Als het donker was voelde ze zich bij hem op haar gemak, maar op klaarlichte dag soms niet. Dan vond ze hem soms een beetje eng. Nu was hij weg. Ze moest er rekening mee houden dat hij niet terug zou komen. Dan zou er gezegd worden dat ze zich bij Josef op haar gemak had gevoeld, dat hij goed voor haar was geweest. Dat ze zich op haar gemak had gevoeld onder hem. Dat soort praatjes zouden er gegarandeerd rondgaan. Zulke termen zouden de vrouwen in het dorp gebruiken. Dat ze zich onder zijn lichaam op haar gemak had gevoeld. Dat was een favoriete bezigheid van de vrouwen in het dorp: zich die twee in bed voorstellen. De mannen zouden andere termen gebruiken. Josefs lichaam was niet zwaar. Dat had ze vaak gedacht als hij op haar lag: hoe licht hij eigenlijk was. Als ze haar rug hol zou hebben gemaakt en zich plotseling had afgezet, was hij van haar af gerold. Hij waste zich vaak en heel grondig. Hij wilde niet ruiken zoals de andere mannen roken. Naar stal. Ze had hem citroenzeep gegeven voor zijn verjaardag. Daar was hij heel blij mee geweest. Als meisje had ze zich voor zichzelf geschaamd, omdat de lust zo belangrijk voor haar was, waarschijnlijk hadden ze dat van haar gezicht kunnen aflezen, en waarschijnlijk konden ze dat nog steeds. Ze was nu eenmaal zoals ze was. In de biechtstoel had ze eens tegen het silhouet van de pastoor achter het rooster gezegd: 'Ik ben wat ik ben.' En de pastoor had gezegd: 'Pas jij maar op jezelf!' Vanaf dat moment had ze alleen nog gebiecht over leugentjes die ze had verteld, of dat ze een grote mond had opgezet tegen haar zus, of een stukje appel had gestolen. En toen was deze pastoor overleden en was er een nieuwe gekomen, die haar in de gaten was gaan houden alsof ze een pact met de duivel had gesloten. Sindsdien had Maria niet meer gebiecht.

'Hoe wist u waar ik woon?' vroeg ze.

'Is dat een hemd van je man?' vroeg de vreemdeling op zijn beurt.

'Ik had u niet verteld waar ik woon.'

'Het ziet er grappig uit, zoals je dat hemd omhooghoudt. Dat hoeft niet. Het ziet eruit...'

'Hoe ziet het eruit?'

'Nee, niet grappig, sorry. Het ziet eruit als een muur. Er schiet me niets anders te binnen. Ik ben nog helemaal buiten adem van het klimmen.'

'Ik kan niet horen dat u buiten adem bent. Er is niets van te horen. Echt helemaal niets.'

'Ik ben opgewonden. Dat is iedereen die tegenover jou staat, neem ik aan.'

'Ik weet niet waar u het over heeft.'

'Iedereen hier weet waar je woont. Laat ik er niet omheen draaien, daar maak ik je alleen maar bang mee. Ik zou liever hebben dat je ook jij tegen mij zegt. Als jij u zegt en ik zeg jij, denken mensen misschien dat je bang voor me bent.'

'Er is hier niemand die dat zou kunnen denken.'

'Ik heb op de markt aan iemand gevraagd: waar woont die vriendelijke vrouw waar ik zonet mee stond te praten, ik moest haar iets geven en nu is ze weg, maar het is heel belangrijk, alleen daarom ben ik helemaal hiernaartoe gekomen, ik zou haar iets brengen. Ik heb gelogen, ik heb gezegd dat ik een boodschap voor je had.'

'Aan wie heb je het gevraagd?'

'Aan een man bij een kraam die toekeek toen we met elkaar stonden te praten. Hij moest lachen en zei dat hij het wel snapte, omdat bij jou iedereen zijn verstand verliest en vergeet wat hij te zeggen heeft.'

'Dat geloof ik niet, dat hij dat zei.'

'Nee, dat is waar, dat zei hij ook niet.'

'Waarom zeg je dat dan?'

De man zei: 'Stuur me niet weg, Maria. Ik wil alleen naar je kijken. Een vrouw als jij heb ik al zo lang niet meer gezien. Ik beloof je, ik blijf minstens een meter bij je vandaan. Laat me alleen naar je gezicht kijken.'

Daar stond Lorenz naast zijn moeder, de hond blafte, hij blafte luid, Lorenz pakte hem bij zijn halsband en trok hem bij de vreemdeling vandaan.

'Wie is die man, mama?'

De man zei: 'Ik kom van ver weg, ik heet Georg, net als de heilige Georg die tegen de draak vocht. Er is me van alles voor de voeten geworpen, maar dat kan ik uitleggen. Ik ben geen slecht mens. Ik heb je moeder op de markt gezien. Ze was vriendelijk tegen me. Mensen hebben me nooit overdreven vriendelijk behandeld. Als ik hier alleen met jou was, stond ik nu te huilen, jongen, zoals een man huilt tegenover een andere man. Maar tegenover je moeder wil ik niet huilen. Hoe oud ben jij?'

'Ik ben negen,' zei Lorenz en hij ging voor zijn moeder staan. 'Wat wilt u van haar?'

'Ik ben mijn beste vriend verloren,' klaagde de man. 'Ik moest het aan zijn ouders vertellen. Vandaag heb ik zijn ouders gevonden, maar ik heb het ze niet kunnen vertellen, ik kon het niet over mijn hart krijgen. Ik heb gezegd dat ik niet wist waar hij was. Ik heb gezegd dat ik naar ze toe was gekomen omdat ik dacht dat hij bij hen was. Maar ze zeiden dat hij zich niet meer bij ze hoefde te vertonen. Hij is ervandoor gegaan en heeft ons in de steek gelaten. Hij is onze zoon niet meer. Dat is wat ze zeiden. Terwijl hij dood is. En ik kon het niet over mijn hart krijgen het ze te vertellen. Laat me alsjeblieft binnen. Een half uurtje maar. Ik doe niks. Ik doe niemand kwaad. Even zitten en een glas water drinken, meer wil ik niet.'

En hoewel hij het niet wilde, vond Lorenz de vreemde man aardig en vroeg hij hem binnen, hij was Maria voor, met zijn amper negen jaar gedroeg hij zich al als een gezinshoofd, wat zijn moeder ongepast vond. Maar Lorenz dacht: als vader er niet is, ben ik de baas.

Ze gingen aan tafel zitten, Lorenz tegenover de vreemde man, zodat hij hem recht kon aankijken. Maria stond algauw weer op om aan de slag te gaan, schoof weer op de hoekbank, stond weer op, ze kon geen rust vinden. De hond was onder de tafel gekropen, hij lag tussen de voeten van Lorenz en die van de vreemdeling. De kat zat op de vensterbank naar buiten te kijken, waar boven de berg nog een strook goudwitte hemel te zien was.

'Ben jij de oudste thuis?' vroeg Georg.

'Nee, Heinrich komt nog voor mij, maar die heeft niet de kracht om zich tegenover andere mensen te handhaven, die is één met de dieren. Ik vertegenwoordig onze vader, die in dienst moest. Ik zorg ervoor dat moeder het goed heeft.'

'Waarom praat jij zo eigenaardig?' vroeg Georg. 'Zo praten kinderen toch niet.'

'Zoals u praat, praat ook niemand,' zei Lorenz.

'Bij jullie praat niemand zo, bij ons in Hannover praat iedereen zo.'

'Jij praat boekerig,' zei Lorenz. 'Daarom praatte ik ook boekerig.'

'Wat betekent dat?'

'Dat betekent,' antwoordde Maria, 'dat je praat zoals

je schrijft. Zo noemen we dat hier, dan praat iemand boekerig. Lorenz kan dat goed.'

'En hoe weet je dan hoe mensen schrijven?' vroeg Georg. Maria en Lorenz keken elkaar aan. Ze wisten niet aan wie de vraag gericht was.

'Door te lezen,' zei Lorenz ten slotte.

'Wat lees je dan?' vroeg Maria. 'Wanneer lees je dan? Ik zie je nooit lezen. Maar ik geloof je. Ik begrijp het wel. Je leest vast als je alleen bent. Dat begrijp ik wel. Hij leest als hij alleen is. Dat begrijp ik wel.' Toen zei ze: 'Ik moet naar buiten, ik heb nog was om op te hangen.'

Toen de man en de jongen alleen waren, vertelde de man de jongen zijn levensverhaal. Hoe hem van jongs af aan geen blik waardig was gekeurd, hoe hij altijd maar leren riemen had moeten snijden, hoe hij zijn beste vriend had leren kennen, wiens handen ontveld waren van het werk in de looierij; hij was opgegroeid aan de rand van de stad, overal had de stank van de looierij gehangen, van 's ochtends vroeg tot 's avonds laat, tot in hun ondergoed en hun sokken hadden de mensen er naar de looierij gestonken. Zijn vriend en hij hadden hun krachten gebundeld, ze hadden samen plannen gesmeed om aan een fikse hoeveelheid geld te komen. Aan een echte hoop geld. Niet aan een paar grijpstuivers.

Lorenz zei: 'Ik zal het aan niemand doorvertellen, erewoord.'

Ze hadden een overval gepleegd.

'Ik ben een misdadiger,' zei Georg. 'Ik heb een man overvallen en hem van geld beroofd dat niet eens van hem was. Het was maar een bode. Maar híj had een pistool bij zich en wij niet. Hij haalde de trekker over, en toen was mijn vriend dood. En toen ben ik hem gesmeerd. Zo, foetsie.'

'Had je het geld bij je?' vroeg Lorenz.

Georg boog zich over de tafel naar hem toe en fluisterde: 'Zeg eens, jongen, kun jij op dat geld passen? Jij krijgt er dan ook wat van.'

'Hoeveel?' vroeg Lorenz.

'Daar kunnen we het over hebben,' zei de man.

'Volgens mij zuig je het allemaal uit je duim,' zei Lorenz.

Katharina kwam binnen huppelen, het meisje dat later mijn strenge tante Kathe zou worden, die zo vaak tegen me zou zeggen dat ik flink moest zijn, ze kwam erbij staan alsof ze op de foto kwamen. En daar was Walter, met het wagentje met de kat erin. De jongen die mijn oom Walter zou worden, die achter alle vrouwen aan liep, hij was niet te missen met zijn vosrode haar, en wiens vrouw hem zou bedriegen met een man die eruitzag als Clark Gable. Ze namen me weleens mee de grens over naar Zwitserland, die twee, of de bergen in, dan zat ik twee uur in zijn auto aan de knoppen van zijn autoradio te draaien en me te vervelen, terwijl zij het in een hotel of ergens op een bergweide met elkaar deden. Tot slot kwam Heinrich terug van de dieren, hij zou, zoals zijn broer Lorenz zei, zijn hele leven één zijn met de dieren. Maria was nu buiten klaar met de was en ze zette koffie en ging weer op haar plaats naast de vreemdeling zitten.

'Waar hebben jullie het over?' vroeg ze.

'Alleen wij tweeën praten,' zei Lorenz, 'Georg en ik. De anderen zeggen niets.'

'En waar hebben jullie het over met zijn tweeën?'

Lorenz zei: 'Over zaken.'

Er ontbreken nog drie kinderen: mijn tante Irma, mijn oom Sepp en Grete dus, mijn moeder. Maar alleen Grete is nog in de oorlog ter wereld gekomen.

Toen ik voor de eerste keer in Wenen in het Kunsthistorisch Museum was en de boerenschilderijen van Pieter Bruegel de Oude zag, dacht ik: dat lijkt mijn familie wel, uit de verhalen van mijn moeder en mijn tante Kathe. De kinderen lijken wel volwassenen, maar dan kleiner. Ze dragen dezelfde kleren, maar dan kleiner. Ze hebben dezelfde ernstige gezichten, maar dan kleiner. De huizen zijn zo klein, je gelooft haast niet dat er mensen in passen. Ik ken al hun verhalen. Het zijn verhalen als op het schilderij over spreekwoorden dat ik in Berlijn in de Gemäldegalerie heb gezien. En zoals ik veel van die spreekwoorden niet kan duiden, weet ik ook niet wat ik met sommige verhalen over mijn familie aan moet. Omdat ze zo buitenissig zijn. Er is een verhaal over een veldwachter die na zijn dienst thuis op de bank ging liggen slapen en tussendoor zwijgend Weense worstjes at en chocolademelk dronk, haast nooit iets anders. En dan ging hij weer op de bank liggen, tot hij 's avonds naar bed ging. Hij zei nooit iets tegen zijn vrouw en kinderen, tot aan zijn dood, en als hij thuis was moest de radio uit. Volgens zijn collega's had hij op zijn werk ook vrijwel nooit iets gezegd. Hoe zit het met die man linksonder op het schilderij? Hij heeft geen schoen aan zijn linkervoet, rond zijn rechterkuit een wit verband, hij draagt een witte jurk tot op zijn knieën en een nauwsluitend vest eroverheen dat eruitziet als een harnas, hij houdt een groot mes in zijn rechtervuist, de kling vooruit, hij heeft een kap op zijn hoofd, en met zijn voorhoofd duwt hij tegen een bakstenen muur. Wat voor spreekwoord verbeeldt hij? En hoe zit het met die knappe vrouw midden onder, die met dat losse haar, die lange purperen jurk met dat diepe decolleté, die achter iemand staat – is het een man, is het een vrouw? – en hem of haar een blauwe mantel over het hoofd trekt? Er steekt een bezem uit een dakraam. Op het dak liggen platte schalen, lege en volle. Of zijn het geen schalen? Boven een erkerdak zit een man voorovergebogen met een kruisboog op die schotels te schieten. Waarom doet hij dat? Helemaal in de verte ligt de zee. Er is een verhaal over een jonge vrouw die toen ze hoorde dat haar man in de oorlog was omgekomen naar haar broer en haar zus vertrok, twee dorpen verderop, en daar veertig jaar later pas aankwam, toen de tweede oorlog, waarin een zoon van haar zus en een zoon van haar broer gesneuveld waren, al voorbij was. Er gebeurt zo veel, en het gebeurt naast elkaar, ook als het na elkaar gebeurt. Net als op de schilderijen van Pieter Bruegel de Oude.

Ik heb het geprobeerd. Ik kan een beetje schilderen. Maar ik vond het nooit goed genoeg. Was ik maar een muzikant! Vrijwel alle grondkleuren van mijn voltooid verleden zitten in het bruine spectrum. Oker. Koeienstalwarm, de kleur van koeienstallen is bruin. Zacht. Of bevroren aarde, ijzig en zo hard als staal, omfloerst met een ijsgrauw waas. Ik ben een keer op een ijzige januarimorgen met mijn tong aan de deurklink vast komen te zitten, vastgevroren, bij het losrukken bleef er een stukje huid achter. En dan hier en daar een gewaad in een blauw waar je mond van openvalt. Dorre weides. Zelden, of eigenlijk nooit, puur rood. Boterig geel. Het geluk van een zonnig ogenblik! Zoals bij tikkertje, alsof er een moment is dat niemand je mag aftikken. De gezichtskleuren ondefinieerbaar. Er is een heel palet aan groentinten, en toch zit het groen min of meer verstopt. Wit en zwart alleen voor Josef. Wit gezicht, wit hemd, zwart pak en zwart haar. Ik heb waterverf gemengd tot het op mijn onderarm niet meer van mijn huid te onderscheiden was.

Herinneringen zijn in wezen een vreselijke wirwar. Pas als je er een drama van maakt, ontstaat er orde. 'Zo is het leven nu eenmaal.' Ook zo'n uitspraak van mijn tante Kathe. Zo is het leven bij ons nu eenmaal. We hebben nooit iets bijzonders willen zijn. Mijn grootmoeder wilde dat ook niet. En toch waren we bijzonder. Ik heb me kapotgeschaamd. Volgens mij heeft mijn grootmoeder geen kans gehad om niet bijzonder te zijn. Zij staat in het middelpunt, de vele overledenen liggen aan haar voeten. Wat overigens niet wil zeggen dat ze allemaal in de hel branden. 'We hebben alles gehad, en het meeste was ons niet vergund.' Ook zo'n uitspraak. Wie het begrijpt, mag het zeggen. Het meeste, is dat hetgeen je niet nodig hebt? Mijn tante Kathe deed die uitspraak weleens als er een avond visite was geweest en ze hadden gekaart en er eindelijk iemand van tafel opstond en zei dat hij naar huis moest, waarna alle anderen hem volgden en de kamer opeens leeg was. Dan steunde tante Kathe met haar handen op tafel en zei: 'We hebben alles gehad, en het meeste was ons niet vergund.' En haar man, die eeuwige driftkop, maar knikken: 'Zo is dat! Zo is dat!'

Ik bevind me in deze constellatie naast mijn zwijgende

moeder – die toen ik het verhaal onderbrak nog niet eens in de buik van Maria zat –, aan de kant van haar hart. Naast me staat mijn dochter Paula, die ook niet meer onder de levenden is, hoewel ze de levendigste van ons allemaal was, even levendig als mijn grootmoeder. Honderd jaar geleden was dat iets negatiefs, als je levendig was. 'Doe niet zo levendig!' Dat soort dingen zeiden de mensen. 'Zij is nu eenmaal een levendig type.' Zo praatten ze, ter verontschuldiging; ik kan me voorstellen dat een moeder en een schoonmoeder zoiets tegen elkaar zeiden. 'Mijn dochter is nogal levendig,' zegt een moeder tegen de schoonmoeder van haar dochter, en ze zegt er nog net niet bij: 'Helaas.' Mijn dochter Paula is op haar eenentwintigste van een berg gevallen en vermorzeld door een steen. Ze is elke dag bij me, de hele dag, net als mijn moeder, die op haar tweeënveertigste overleed en ons kinderen achterliet, met zijn vieren waren we. Ik was net elf geworden. Drie van ons werden bij tante Kathe ondergebracht. Mijn broertje ging naar tante Irma, die in de periode waarin ik het verhaal over mijn grootmoeder onderbrak, net als mijn moeder nog niet op de wereld was.

Je herinneringen ordenen – zou het geen bedrog zijn? In zoverre dat je doet alsof een dergelijke orde bestaat.

Maria.

Ze is betoverd door die vreemde man die Georg heet en ze heeft geen idee hoe het zover heeft kunnen komen. Hij zit op de hoekbank, leunt met een elleboog op de rugleuning, zo lijkt zijn borst nog breder. Hij heeft een nieuw hemd aan. Een hemd dat nog nooit gewassen is. Of hoogstens één of twee keer. Een stadshemd. Spiksplinternieuw. Daar heeft ze oog voor. Als hij al zo lang onderweg is, denkt ze, als hij helemaal uit Hannover komt, heeft hij dit hemd dan voor een speciale gelegenheid bewaard? En hij is ook gladgeschoren. De mannen uit het dorp scheren zich hooguit twee keer per week, of zelfs alleen op zaterdag. Josef elke dag. Echt elke dag. 'Ik zweer het,' had Maria tegen haar zus gezegd. 'Soms zelfs twee keer op een dag.' Ongeschoren mannen en mannen met baarden zien er onschuldig uit. Zoals iedereen, eigenlijk. Josef wilde er niet onschuldig uitzien. En niet zoals iedereen. Hij wilde er zwart-wit uitzien. Zwart haar, wit gezicht. Ze wist niet waar hij die voorkeur vandaan had. Zij vond hem aantrekkelijk, ze had hem altijd aantrekkelijk gevonden.

De vreemdeling was licht, met rossig blond haar. Hij had niet zo'n smetteloze huid als Josef, hier had hij een rode vlek, daar een bijna blauwe, hier en daar rimpels en overal – maar met mate – zomersproeten. Hij laat zijn lach zorgeloos door de keuken schallen. Wijst naar de zoutstrooier. Of hij wat zout op zijn brood mag, vraagt hij, terwijl hij verder kauwt. Hij vindt het een mooi ding. Het lijkt wel een mannetje, met een hoed op zijn hoofd en zijn handen in zijn zakken. Maria heeft het ding van haar zus. De peperstrooier is kwijt, een vrouwtje. Er raakt nooit iets kwijt bij hen thuis, maar dit zijn ze kwijt. De man het zout, de vrouw de peper. Georg bokst Lorenz tegen zijn bovenarm, keert hem zijn zij toe, lacht met volle mond. Best gezellig als er iemand in huis met volle mond praat en lacht. Lorenz bokst terug. Volledig op zijn gemak. De elfjarige, maar stokoude Heinrich zit te gniffelen als een oud mannetje. Waar hij ook naar ruikt. Maria schaamt zich voor de geur van haar oudste zoon.

De geur van stal en van oud zweet, van een oud lijf. Al zou hij bij de put een hele dag water over zijn hoofd laten stromen en zich inwrijven met de lekkere zeep van zijn vader, hij zou gewoon naar stal en zweet en oude man blijven ruiken. En zo zou hij zijn hele leven blijven ruiken. Toen ik op zijn begrafenis was, meende ik die geur zelfs daar nog te ruiken, aan de krans, de paar bloemen die er lagen, het wijwatervat, het wijwater.

Katharina fronst haar wenkbrauwen. Kan ze dan helemaal niets bedenken wat haar tegenstaat aan die vreemde man? Komt het dan echt niet in haar op wat hij hier wil? Ze vindt hem aardig. Ja, echt. De kat strijkt langs zijn benen en geeft hem kopjes tegen zijn vuist. De hond likt hem aan zijn hand en steekt zijn kop naar hem uit en beweegt die heen en weer om de plek te vinden waar hij gekrauwd wil worden. En de kleine Walter springt al op zijn schoot op en neer, dat vrolijke ventje dat tot het einde van zijn leven iedereen van alles weet wijs te maken en iedereen aan het lachen krijgt en op wie niemand ooit boos kan worden, zelfs zijn vrouw niet als hij haar bedrogen heeft, en ook zijn geliefde niet, als die belangstelling begint te krijgen voor Sepp, zijn jongere broer, die op het moment dat dit verhaal speelt nog lang niet op de wereld is. Met zijn rode haar kan Walter zo voor de zoon van de vreemdeling doorgaan. Die vraagt of hij Maria ergens mee kan helpen. Hij heeft geen idee. Nee, hij heeft echt geen idee. Hij heeft geen idee hoe ze eraan toe is. En als hij het wel weet, buit hij het niet uit. Hij vraagt of hij een glas water mag. Lorenz springt op, pakt zijn glas en loopt ermee naar buiten, naar de put. Hij weet dat ik verliefd op hem ben, denkt Maria, maar hij buit het niet uit.

Verliefd, ja, dat was ze, en het was een beter gevoel dan dat voor Josef, haar man. Dat bedacht ze bij zichzelf. Steeds maar weer. Ze zou het nooit tegen iemand zeggen. En wat was het nu helemaal voor gevoel, het zou niets betekenen, Georg zou niet meer terugkomen en ze zou niets aan hem hebben. Gevoelens vervliegen – alleen in romans houden ze zogenaamd langer stand, in sommige romans zogenaamd een leven lang.

Toen hij die avond wegging, legde hij zijn handen op haar schouders, binnen nog, wie weet stond er onder aan de heuvel iemand met ogen op steeltjes. Hij liet zijn handen er een tijdje rusten en streelde met zijn duimen de huid boven haar sleutelbeenderen. Een gezicht als het hare durfde hij niet zomaar te kussen, zei hij. Ook niet als het mocht.

De volgende dag stond hij opnieuw in de keuken. Maria stond net griesmeel door de melk te roeren. Ze schrok en keek hem aan en kon geen woord uitbrengen. De kinderen waren in de laatste warme herfstzon buitenshuis. Daar had hij op gewacht. Er was buiten genoeg te doen, ze konden spelen, er waren klusjes te doen. De griesmeelpap brandde aan, maar niet heel erg, hij was nog te redden.

'Mag ik ook wat?' vroeg hij. 'Het ruikt zo heerlijk!'

Ze ging voor hem staan en zei zacht: 'Ik hoopte al dat ik je nog eens zou zien.' Het kostte haar geen moed dat te zeggen. Ze waren al voorbij het punt dat het moed kost om zoiets te zeggen. Maar het verraste hen allebei.

De kinderen waren buiten aan het werk, of ze deden alsóf ze aan het werk waren, want wat is spelen anders. Maar ze hadden Georg gezien toen hij de steile weg op was gekomen, en hadden niet van zijn komst opgekeken, hoewel hij er pas voor de tweede keer was. Mijn tante Kathe vertelde me dat dat waarschijnlijk was omdat zij als kinderen hun vader eigenlijk al afgeschreven hadden, twee van de mannen met wie hij gemobiliseerd was, waren al gesneuveld, dus hadden ze waarschijnlijk gedacht dat hun moeder alvast op zoek was gegaan naar een nieuwe man, al kon tante Kathe het niet met zekerheid zeggen, want het was al lang geleden – en het was ook eerder een gevoel geweest dan een gedachte.

Twee dagen later was hij er weer. Dit keer was hij zo vroeg dat iemand die Maria en hem toevallig na hun eerste ontbijt naar buiten had zien komen, zomaar had kunnen denken dat hij was blijven slapen. Lorenz, die achter ze aan naar buiten kwam, was nog in zijn nachthemd, een wit nachthemd. Het was net niet meer pikkedonker buiten. Het was de laatste dag van de vakantie, half september. Maar waar had in dat kleine huis in vredesnaam een vreemdeling moeten slapen?

Maria beefde van opwinding, en toen Georg 's middags 'voorgoed afscheid nam', zij met haar rug tegen de gesloten deur en hij heel dicht bij haar – hun bovenlichamen raakten elkaar –, beet ze hem in zijn hand. Katharina zag het gebeuren toen ze van binnenuit de deur opendeed. Georg bracht zijn gewonde hand naar zijn mond. Hij vloekte kort. En toen kuste hij Maria. En zij liet het toe. Star en stil en gelukkig. En hij kon niet meer stoppen. Katharina stond erbij en keek ernaar.

Als ik mijn tante Kathe erover had uitgehoord, zou ze me nooit iets verteld hebben. Maar op een dag, ze was al voorbij de negentig, vertelde ze het. Zomaar uit zichzelf.

Met een gezichtsuitdrukking alsof ze het nog kwijt moest voor ze het in het graf zou meenemen en het nooit verteld zou worden. Ze vertelde over deze vurige kus. En over het bloed dat Georgs mouw in sijpelde terwijl hij het gezicht van haar moeder in zijn handen hield.

Heinrich had er niets van meegekregen. Hij was één met de dieren, zoals Lorenz zo boekerig zei.

Zelf heb ik de eerste man in mijn leven ook in zijn hand gebeten. Nog voor ik dit verhaal kende. Hij was getrouwd, ik pas zeventien. Mocht ik doen alsof hij alleen van mij was? Natuurlijk wilde ik dat ik zijn enige vrouw was. Een echtgenote doet niet mee. Die telt niet mee. Dat is een soort zus. Hij praatte over haar als over een soort zus. Ik vroeg naar haar. 'Hoe gaat het met haar? Is ze niet meer verkouden?' Ik informeerde naar haar alsof ik me zorgen over haar maakte. Hij was twintig jaar ouder dan ik, had een Amerikaanse auto, een 'slee'. Vanaf een bepaald formaat noemde je een auto een 'slee' en ging je ervan uit dat hij Amerikaans was. Die parkeerde hij voor ons blok.

Mijn kleine zusje, dat alles over mij wist en zich onze moeder amper kon herinneren, keek uit het raam en riep: 'Hij is er!'

Ik ging achter haar staan en zag hoe hij de kap naar achteren draaide en met zijn mouw iets van een vin van zijn slee poetste. Hij toeterde niet. Ik had daar niets op tegen gehad, maar hij wilde dat niet. Hij wilde dat ik met gespitste oren op hem zou wachten, dan hoorde ik hem wel aankomen. Toeteren als je je liefje kwam ophalen vond hij vulgair. Ik kende dat woord niet en zocht het op in het woordenboek. Hij deed alles goed. Hij had een Blaupunkt-autoradio, het beste merk dat er was. Ik nam me voor hem te laten wachten, een kwartier, een half uur, tot hij gek werd van het verlangen om me te zien. Ik was tot alles bereid. Hij dacht dat ik dat nog niet was.

Een half jaar later zat ik op hém te wachten, in een café, ik zat drie uur lang zwarte thee te drinken, tot ik er buikpijn van kreeg. Ik voelde me verachtelijk. Een vrouw die zat te wachten. Alleen nog maar te wachten. Ik, die geboren was om anderen te laten wachten! We hadden afgesproken. Ik was precies op tijd geweest, op de minuut nauwkeurig, zoals elke keer de laatste tijd, ik had geen zin meer in die stomme wachtspelletjes. Maar hij kwam niet. Drie uur lang zat ik te wachten. De volgende dag zat ik weer in dat café. Ik wist zeker dat ik me niet in de dag had vergist, maar om mezelf nog een beetje te troosten deed ik toch alsof ik me in de dag had vergist. Ook de derde dag zat ik te wachten. Dit keer zonder troost. 'Vandaag krijg je je thee van mij,' zei de vrouw die me bediende. Alles boven haar mond was mooi, ze had sprekende ogen en een sierlijk voorhoofd, maar haar mond was lelijk, met slappe lippen en afhangende mondhoeken.

'Het heeft geen zin,' zei ze.

Ik kamde mijn haar niet meer en waste me niet meer en toen tante Kathe tegen me zei dat ik er als een straatsloerie bij liep, kon me dat niets schelen.

Mijn geliefde – zo noemde ik hem in gedachten, en alleen daar – dook na een half jaar weer op, ik vergaf hem en we zagen elkaar weer elke avond. Maar toen hij op een keer met zijn duim over mijn mond streek, de mond waar hij in zijn 'verbanningsoord' zo naar zou hebben verlangd, beet ik hem en bleef ik als een pitbull aan zijn muis hangen, hij schreeuwde het uit en schudde mijn hoofd heen en weer. Zijn hand raakte ontstoken, hij ging naar het ziekenhuis voor een tetanusinjectie, wat niet nodig was geweest, maar hij wilde me laten zien dat ik me als een beest had gedragen en dat een beet van mij behandeld moest worden als een beet van een beest.

'Hoe moet ik dit aan mijn vrouw uitleggen?' jammerde hij. 'Je ziet de tandafdrukken zó zitten. De rest van mijn leven zit ik met een litteken van jouw tanden! Dat zegt de dokter.'

Ik verontschuldigde me niet, ik stelde voor dat hij zijn vrouw zou vertellen dat hij zichzelf had gebeten. Wie zich verontschuldigt, is schuldig.

'Dan denkt ze dat ik gek ben! Wie bijt er zichzelf nou?'

Hij moest maar zeggen dat hij het in een droom had gedaan, adviseerde ik, en ik meende het echt. Hij moest zeggen dat hij over een wienerschnitzel had gedroomd en daarin had willen bijten. Dat was grappig, daar zou zijn vrouw vast en zeker om lachen.

'Dat gaat ze nooit geloven,' jammerde hij verder. 'Ze ís al wantrouwig. Ze gaat de afdrukken met mijn tanden vergelijken! Ik heb een totaal ander gebit dan jij!'

'Is ze er zo eentje?' vroeg ik, zonder enig cynisme. Het verbaasde me echt. 'Is ze iemand die tandafdrukken vergelijkt?'

Zijn vrouw woonde in Zweden, ze hadden een kind dat in Parijs was verwekt en dat ze om die reden Paris hadden genoemd. Het meisje was zeven jaar. Het woonde bij haar moeder in Stockholm, zou Zweeds én Duits praten en ook verder hyperintelligent zijn. Voor zijn vertrek had ze tegen hem gezegd dat ze Nietzsche wilde gaan lezen, *Also sprach Zarathustra*, maar volgens hem dacht ze dat dat een roman was. Ik kende de naam Nietzsche van mijn vader en de titel van het boek kende ik ook, maar of het een roman was of niet, dat wist ik niet. Maar ik hield me stil. Hij moest niet denken dat ik op mijn zeventiende niet wijzer was dan zijn dochter op haar zevende.

'En toch ben ik bij je teruggekomen,' zei hij.

'Hoezo toch?' vroeg ik.

Hij was bij me teruggekomen. Ik wilde alles geloven wat hij me beloofde, hoewel ik hem niet echt geloofde. Hij ging bij zijn vrouw weg, zei hij, zijn besluit stond volkomen vast, maar een scheiding was hem te ingewikkeld, want hij wilde wel af en toe zijn dochter kunnen zien.

Ik zei: 'Als je echt bij haar weg wilt, dan maakt het niet uit dat ze weet dat ik je gebeten heb. Misschien krijgt ze dan wel sympathie voor me en kan ze je gemakkelijker loslaten.'

Hij had bij ons in de stad een appartementje gehuurd. Als ik het niet vervelend vond dat hij vaak op reis was, kon ik wel bij hem intrekken. Trouwen was niet nodig, dat was volgens hem bedriegerij, hij had dat bedrog nu een keer gepleegd en dat vond hij wel genoeg.

Hij was bevriend met de filosoof Karl Jaspers. Ik vroeg of dat hem ook een filosoof maakte en hij zei dat hij daar nog aan werkte. Ik wist indertijd niet wie Jaspers was. Ik schreef mijn geliefde briefjes, die hij leuk vond, volgens hem had ik originele ideeën, dat bewonderde hij. Hoe ik de ideeën formuleerde, bewonderde hij helemaal, hij vond me een bijzonder meisje. Op een dag nam hij me mee naar Bazel. Daar woonde de oude filosoof, hij was niet meer helemaal gezond en had moeite met ademen, maar hij wilde ons graag zien.

Jaspers zag er erg oud uit en zijn stem was zwak, en zijn uitspraak had het scherpe dat Noord-Duitsers hebben, waar ik altijd het idee van krijg dat ze me voor de gek houden. Ik rilde van verlegenheid. Ik dacht: ik hoef maar 'hallo' te zeggen, of ik sla de plank al mis, en dan wijst hij me terecht of hij lacht me uit. Mijn vader was een geschoold man die filosofen las, daarom wist ik wat het betekende om er een te ontmoeten. Ik ging stil op de stoel zitten die me werd aangewezen. Mijn vriend praatte met de filosoof, uit verering imiteerde hij diens manier van spreken. Als ik het me goed herinner, hadden ze het over voorwerploos denken.

Op een gegeven moment richtte de filosoof zich tot mij. Hij vroeg hoe oud ik was en zei dat hij me kende.

'Nee,' zei ik, maar zo zachtjes dat hij het nooit gehoord kon hebben.

'Ik ken een zin van u,' zei hij. Hij haalde vanonder zijn papieren een velletje tevoorschijn en las voor: 'Ik wil weten wie je bent en waarom je zo bent, ik kan je niet vertrouwen, alles wat je wilt zijn klinkt bedacht, in vlees en bloed ben je waarschijnlijk een oplichter, en het ergste is nog wel dat me dat niets kan schelen...'

Die zin kwam uit een brief aan mijn geliefde. Hij had dus prijsgegeven wat uitsluitend voor hem bedoeld was geweest. De filosoof keek me aan en zei, dit keer zonder de Noord-Duitse spot in zijn stem: 'Vergeet uw thee niet, anders wordt die koud.'

We bleven niet lang. De filosoof werd moe en we namen afscheid. De volgende dag zou er een feestje zijn waar ik volgens mijn geliefde interessante mensen kon ontmoeten. Ik moest echt komen, het kon mijn leven bepalen.

Het feestje was in een huis dat helemaal was volgestouwd met boeken en met mensen die minstens drie keer zo oud waren als ik, de boeken waren nóg veel ouder, en met vier keer zoveel mannen als vrouwen. Ik stond bij een muur.

'Beloof me dat je niet zult roken of drinken,' zei mijn geliefde. En weg was hij, verdwenen in de drukte. Ik keek rond of de filosoof er ook was. Maar geen spoor van de oude man die mijn zin gestolen had.

Er kwam een vrouw op me af met een afrokapsel, wat in die tijd een statement was, en een zoetige geur. Ik herkende die geur niet, maar inmiddels weet ik dat het patchoeli was. Dat was ook een statement. 'Kom,' zei ze, 'dan maak ik chocolademelk voor je.'

Ik liep achter haar aan de trap op een klein kamertje in. Het was er warm, ze duwde ze me op een bank en dekte me toe omdat ik er zo verkleumd uitzag.

'Goed dat je niet rookt en niet drinkt,' zei ze. 'Laat je niet bederven.' En toen sprak ze woorden die ik van haar gestolen heb en op mijn grootmoeder heb laten slaan. 'Je hebt waarschijnlijk geen kans om niet bijzonder te zijn.'

De chocolademelk was heel heet en heel zoet, ze ging naast me zitten.

'Hoelang zijn jullie al samen?' vroeg ze.

Ik zei dat ik daar moeilijk antwoord op kon geven, omdat we elkaar met grote tussenpozen zagen.

'Je weet dat hij getrouwd is en een kind heeft dat Paris heet, godbetert?' Ze wachtte mijn antwoord niet af. 'Vreemd genoeg liegt hij niet. Voor zover ik weet heeft hij niet eerder zo'n onschuldige vriendin gehad als jij.'

'U kent mij helemaal niet,' zei ik.

Ze bracht me naar het station, nog diezelfde nacht, ze duwde me over de kinderkopjes voor zich uit, we liepen bergafwaarts, ze kocht een treinkaartje voor me en hield dat voor mijn neus. Op de achterkant schreef ze een telefoonnummer.

'Bel dit nummer als je zwanger bent,' zei ze, 'en vraag naar mij. Heidrun. Ik schrijf het erbij, geen mens onthoudt mijn naam.'

Thuis had alleen mijn kleine zusje zich zorgen om me gemaakt. Ik was al met al tweeënhalve dag weg geweest. Ze lag in mijn bed, had mijn pyjama aan en schreef in mijn schrift. Ze had al gedacht dat ik niet meer terug zou komen en dat zij voortaan mij moest zijn. Later, toen we allebei vrouwen waren, zei ze dat ze dat graag was geweest.

Ik weet niets over de dromen van mijn grootmoeder. De mooie Maria. Ik heb maar één ding van haar geërfd: haar stalenboek. Tante Kathe gaf het me, ze legde haar hand erop alsof ze het wilde zegenen. De ondernemende Kaspar, haar zwager, had het uit Wenen meegebracht, hij was van plan geweest in Bregenz een weverij te beginnen, de eerste in het land, en had tot de hoofdstad aan toe, ver in het oosten, stoffen willen verkopen. Dat was nog vóór de oorlog geweest. Maria was dol op stoffen, net als ik, ze kon haar handen niet thuishouden als ze zijdebatist, tule, fluweel, taf en voile voor zich zag liggen, net als ik wanneer het voor mij ligt. Ook al waren het maar lapjes ter grootte van een kinderschooltas in een stalenboek. Toen mijn moeder geboren werd lag mijn grootmoeder bij haar zus in een zacht bed, haar zus was bij de thuisbevalling geweest en had mijn moeder de nooddoop gegeven, en daar lag Maria in de kussens achteroverleunend met de minuscule Margarethe, Grete, in een reiswiegje naast zich. Maria was Sneeuwwitje, zwart als inkt, rood als bloed, wit als schrijfpapier. Haar zwager bracht haar het stalenboek, ze had het altijd bewonderd als ze op bezoek was. Hij zei dat ze het mocht hebben. Maria streek met haar vingertoppen over de kostbare stalen en droomde. Ze droomde dat ze weg was van alles, weg van haar gezin, van de kinderen. Maar zonder zich er schuldig over te voelen, stel ik me voor. Zo heb ik het bedacht. Alsof haar gezin er nooit was geweest. Alsof ze in Wenen geboren was, of in Berlijn, in steden waar een vrouw als zij zou opvallen. Haar zwager had boeken met prenten van Wenen en Berlijn, daar keek ze graag in. Ze droomde dat ze in de opera zat en vanuit een loge naar het publiek in de zaal onder zich keek en opving hoe er over haar werd gefluisterd. Zij was de schoonheid waar iedereen het over had. Er waren allemaal dames en zij was een van hen. Ze droeg een ijsblauwe jurk, zo ijsblauw als bevroren sneeuw wanneer de zon erop scheen, hij schitterde en haar ogen straalden als die van dames in romans. Haar vingers, verpest door het wassen, zou ze verstoppen in atlaszijden handschoenen. O nee, haar vingers waren helemaal niet verpest! Ze was een stadse dame. Had ze een cavalier aan haar zijde? Klonk het woord 'cavalier' de vrouwen in de stad net zo in de oren als haar? Of moesten de vrouwen in de stad om het woord lachen? Nu eens leek haar gedroomde cavalier op Josef, dan weer op Georg, Josef zag er in het zwart deftiger uit, maar haar hart raakte van Georg in vervoering. In jacquet was Josef de knapste man in de opera. Hij trok alle blikken naar zich toe. In zijn dromen mag de mens een egoïst zijn. Ze wilde de bewondering met niemand delen. Ze wilde zelf bewonderd worden, alleen zij. Dus stelde ze zich Georg voor aan haar zijde. Ze kon hem teder 'vosje van me' noemen, om zijn gevoel voor humor en zijn kleur. Ze zouden met een koets naar hun stadsvilla rijden en door de opwinding zou er een sjampanjeglas omvallen. Ze wist niet eens hoe je 'champagne' schreef. Georg zou haar jurk over haar hoofd trekken, ze zou duizelig zijn van de alcohol en Georg zou het bad laten vollopen. Als in de Oriënt. Ze zou niet verdorven zijn. Als ze uit de damp tevoorschijn stapte, zou ze eruitzien alsof ze rechtstreeks uit een wolk kwam. Georg zou zeggen: 'Zoiets moois heb ik nog nooit gezien.'

Een droom, één minuut, en je gelooft hem al niet meer. Ik, die deze droom bedenk en opschrijf, heb er al langer in geloofd dan Maria. Ik weet niets over de dromen van mijn grootmoeder.

En toen was Georg toch nog een keer langsgekomen. Dit keer had hij Maria alleen niet gezien. Lorenz had hem beneden bij de put staande gehouden. Hij was met zijn uitvinding bezig en wilde Georg erover vertellen.

Het probleem met het water namelijk. De put lag een stuk onder het huis en was eigenlijk helemaal niet van hen.

Alleen had degene van wie hij was nooit iets van zich laten horen. De beek stroomde langs de berg naar beneden en al voordat Josef en Maria in het huis waren komen wonen had iemand een houten goot aangelegd waarover water van de beek werd afgetakt en naar een betonnen kuip werd geleid, die ruim anderhalve meter breed en lang en een kleine meter diep was en waarschijnlijk voor het vee bedoeld was geweest. Josef had van een aantal planken een klep getimmerd. Het laatste stuk van de goot was beweegbaar, zodat ze het water in én naast de kuip konden laten lopen. Als je in de kuip knielde, kon je het water over je hoofd laten lopen. Het was alleen heel koud. Josef waste zich iedere dag zo. Helemaal in zijn blootje. Ook in de winter, zolang de beek niet dichtgevroren was. Het water dat ze in huis nodig hadden, moesten ze met emmers naar boven dragen. Dat vonden ze allemaal rotwerk. Lorenz wilde er iets op bedenken om het leven voor zijn moeder, zijn broer, zijn zus en zichzelf gemakkelijker te maken, maar vooral omdat hij er plezier in had zich af te vragen hoe zoiets moest werken. Bij zijn tante had hij gezien hoe fijn het was om stromend water en elektriciteit te hebben.

Toen Lorenz peinzend bij de put naar de hemel zat te staren, zag hij Georg over de puinweg naar boven komen. Hij liep hem tegemoet en toen ze samen bij de put zaten, vertelde Lorenz hem over zijn idee: een soort kabelbaan met haken eraan waar ze emmers met water aan konden hangen. Beneden bij de put moest iemand de emmers vullen, en dan moest er boven iemand aan een soort zwengel draaien.

'Als je "een soort" zegt, weet je nog niet precies hoe,' was Georgs commentaar.

Daarop zweeg Lorenz.

'Maak er een tekening van,' zei Georg.

Lorenz bleef zwijgen.

'Het is geen kritiek,' zei Georg en hij vertelde dat hij was gekomen om voorgoed afscheid te nemen. Maar hij deed hem een voorstel: als de oorlog voorbij was en alles goed was afgelopen en zijn vader gezond en wel terug was, en hij, Lorenz, was klaar met school, wilde hij dan niet naar Hannover komen? 'Ik zal een goed plan voor je maken. Mensen als jij horen in de stad. Daar zijn jullie nodig. Wie heeft er op het land nou iemand met ideeën nodig?'

Georg haalde een leren buidel uit zijn tas en gaf die aan Lorenz. 'Verstop deze,' zei hij, 'en mocht je moeder in de problemen komen, geef hem dan aan haar.'

'Wat is er met je hand?' vroeg Lorenz.

Georg had hem verbonden. Katharina had niemand verteld wat ze had gezien. Omdat ze het niet begreep. Waarom had haar moeder deze man in zijn hand gebeten? Waarom had ze dat gedaan? Ze vond hem immers aardig. Ze vonden hem allemaal aardig. Je bijt iemand toch niet als je hem aardig vindt?

'Dat stelt niks voor,' zei Georg. 'Dat geneest wel weer.'

Hij had een tijdje radeloos om zich heen staan kijken, had omhoog getuurd naar het huis, had zijn gezonde hand in de waterstraal gehouden en gezegd dat het flink koud was. Maar boven bij het huis was niemand te zien geweest. Hij had nog een keer diep gezucht en was ervandoor gegaan.

Mijn oom Lorenz had het gerespecteerd, hij had de buidel bewaard en tussen zijn spullen verstopt en had zich bij iedere tegenslag voor zijn moeder afgevraagd of dit het moment was, maar had de buidel pas opengemaakt toen zijn moeder én zijn vader overleden waren. Er had echter geen geld in de buidel gezeten, en ook geen goud. Van de buitenkant had het wel zo aangevoeld, maar er zat een handvol mooie stenen in, een groot stuk bergkristal, een paar schelpen en een zeeslak. Met een klein opgevouwen briefje ertussen. Daarop stond: 'Mijn lief.'

Lorenz ging naar zijn moeder om te vertellen dat Georg nu niet meer zou terugkomen, dat hij dat uitdrukkelijk en in precies die bewoordingen had gezegd en dat hij hem uitdrukkelijk had gevraagd die boodschap aan haar over te brengen. Daarop wachtte Maria tot het nacht was en de kinderen sliepen, en toen dronk ze de schnaps die ze in huis hadden om wonden mee schoon te maken, de hele fles dronk ze leeg. Vroeg in de ochtend vond Katharina haar, ze dacht dat ze dood was. Zoals ze daar stond, met los haar, in haar nachtpon, op blote voeten, rende ze door het donker de berg af, naar de burgemeester, ze sloeg met beide vuisten op de voordeur en schreeuwde dat er iets verschrikkelijks was gebeurd.

De burgemeester nam Maria in zijn armen en droeg haar naar de put. Daar kleedde hij haar uit, zette haar in de betonnen kuip en liet het koude water over haar heen stromen tot haar huid blauw zag. Hij droogde haar af met zijn hemd en droeg haar bloot weer naar huis. Daar wikkelde hij haar in een deken en legde haar in bed. En toen ging hij samen met Katharina zitten wachten tot het licht werd. Het kind en de man zaten in de keuken, de deur naar de slaapkamer lieten ze open. Vandaag hoefde ze niet naar school, zei hij, en Lorenz en Heinrich ook niet. Hij stuurde Katharina naar het dorp, om zijn vrouw te zeggen dat ze een stevig ontbijt voor iedereen moest komen brengen. Vooral bonenkoffie. Gemalen.

Maar het was nog niet voorbij. De wanhoop was nog niet voorbij, je vroeg je af waar zo veel wanhoop vandaan kon komen.

Hoe zit dat met bijgedachten? Ze zijn er en wachten tot ze aan de beurt komen. Ze zijn geduldig, maar zodra ze een opening zien, springen ze de hoofdgeschiedenis binnen en veranderen ze alles. Zo zou het gaan, hoopte Georg: als de man van de mooie Maria niet meer van het front terugkeerde, zou hij, Georg, het gezin onder zijn hoede nemen en er een goed gezinshoofd voor zijn. Ze zouden met z'n allen naar Hannover verhuizen. Hij zou ze eerst een voor een vragen of ze dat ook allemaal echt wilden. En zo niet, dan ging het niet door. Dan bleven ze hier. Hij was geen dictator. Maar hij ging niet in dat huisje aan het eind van het dal wonen, dat nooit, geen denken aan. Ze zouden wel wat anders vinden. Dat waren Georgs bijgedachten geweest.

Lorenz voelde deze bijgedachten aan. Maar hij duwde ze weg. Hij mocht de man graag, heel graag, hij kon zich prima voorstellen hele dagen met hem door te brengen. Bij zijn vader kon hij zich dat niet voorstellen. Lorenz was een prater, zijn vader niet. Een man die iedere dag, ook in de winter, koud water over zijn naakte lijf laat stromen is anders dan de anderen. En als zo'n man bijna nooit iets zegt, kan zijn zoon niet veel hoogte van hem krijgen. Lorenz kon zich niet eens voorstellen dat zijn vader van zijn moeder hield. Van Georg kon hij zich dat wel voorstellen. Vind ik mijn vader even aardig als Georg, vroeg hij zich af. Had zijn vader ooit met hem over een uitvinding gepraat? Nee, dat had hij niet. En dat zou hij ook nooit doen.

Dit bleef allemaal onder het oppervlak.

Wat zich onder het oppervlak afspeelde, was sterker dan de werkelijkheid. Maria had niet gezien dat Georg nog eens was teruggekomen, maar Lorenz had een raar gezicht getrokken. Zwijgend. Alsof hij iets te verbergen had. Maar ze had hem uitgehoord en hij had het toegegeven. Toen was ze in razernij uitgebarsten. Ze had het servies van tafel geslagen en 's nachts, toen ze alleen was, had ze de fles schnaps leeggedronken. En was op de keukenvloer gevallen. En Katharina had haar moeder gevonden. Enzovoort, ik heb het al verteld. Eigenlijk moet ik dit verhaal drie keer achter elkaar vertellen. Dat is wat mijn tante Kathe deed, toen ze het eindelijk vertelde: ze vertelde het hele verhaal drie keer achter elkaar, in precies dezelfde bewoordingen, beginnend bij Lorenz bij de put, hoe hij Georg had zien aankomen, dan hoe Lorenz een raar gezicht had getrokken voor zijn moeder, hoe zijn moeder hem had uitgehoord, hoe ze in razernij was uitgebarsten, hoe ze 's nachts de hele fles schnaps had leeggedronken en hoe zij, Katharina, naar het dorp was gerend, naar de burgemeester, en later nog weer een keer naar de vrouw van de burgemeester. Met monotone stem vertelde ze het hele verhaal, ze vertelde hoe de burgemeester haar naakte moeder vanaf de put de berg op had gedragen en op bed had gelegd en had ondergestopt en hoe hij haar, Katharina, naar beneden had gestuurd, naar zijn vrouw, om haar koffie te laten brengen. En toen mijn tante klaar was, begon ze weer van voor af aan, zonder een punt te maken, en zo drie keer achter elkaar. Zonder commentaar. Ik moest het mijne er maar in stilte bij denken.

Namelijk: dat Maria vanaf die dag niet meer had willen leven. En dat ik er niet geweest zou zijn als ze was gestorven, omdat Grete, mijn moeder, nog niet geboren was. Dat is wat ik erbij moest denken.

Toen Maria weer nuchter was, schaamde ze zich. Ze hield haar ogen dicht. Ze probeerde een excuus te verzinnen. Ze wilde zeggen dat ze gedroomd had dat Josef door een kogel was geraakt en dat ze toen eventjes waanzinnig was geweest, en in haar waanzin die schnaps had opgedronken. Maar dat zou allemaal ontzettend dom zijn. Daarom hield ze haar ogen dicht en hield ze zich dood, hield ze haar adem in tot het niet meer ging. Het gezicht van de burgemeester hing boven het hare, ze rook de pepermunt. Hij streelde haar wangen.

De kleine Walter, Lorenz en Heinrich stonden aan het bed. 'Iemand moet de dokter halen,' zei de burgemeester, 'die moet naar haar kijken, waarschijnlijk is het een vergiftiging. Hij moet dat spul uit haar maag en darmen halen.'

Heinrich moest achter Katharina aan het dorp in om tegen de adjunct-postbode te zeggen dat hij de dokter moest bellen. In alle opwinding was hij vergeten om dat tegen Katharina te zeggen.

Heinrich dook ineen en hield zijn mond, bang om iets fout te doen.

Lorenz stapte naar voren: 'Ik doe het,' zei hij. En tegen de burgemeester: 'Maar jij moet bij haar blijven!'

'Dat beloof ik,' zei de burgemeester, alsof Lorenz een volwassen man was. Alsof hij zijn eigen vader was.

Lorenz kende dronkenlappen uit het dorp, stuk voor stuk mannen die in het weekeinde rondwankelden, ergens neervielen en daar dan veelal tot de volgende morgen bleven liggen. Maar of een vrouw dat uithield? Zijn vader was daar nooit bij geweest. Vader dronk niet. Er ging een gerucht, wist Lorenz, over een vrouw die was doorgedraaid, die met haar pasgeboren kind in een gierput was gesprongen. Die had van tevoren een fles schnaps leeggedronken. 'Dat arme kind kon er niet meer tegen,' had zijn moeder indertijd gezegd. Er was ook een uitdrukking. 'Heb je het in de kop?' Dat zei je als iemand iets deed wat je nooit van hem had verwacht. Het in de kop hebben. Wat iemand dan had? Alsof een dier het in de kop had, zo klonk het. Had hun moeder het in de kop gehad?

De burgemeester stuurde Heinrich naar buiten. 'En neem Walter mee. Die hoeft het allemaal niet te zien! Ga maar een eind lopen. Loop maar een uur de berg op, en dan nog een uur!'

De dokter kwam pas 's avonds. Hij zei dat het wel goed kwam. Verder was er niets aan de hand. Ze was alleen zwaar beschonken.

Maria had rust nodig om te herstellen en de kinderen deden haar werk. De burgemeester kwam elke dag op bezoek, tot ze weer kleur op haar gezicht had. Dat duurde veel langer dan wanneer ze alleen zwaar beschonken was geweest.

De burgemeester had in de gaten gehad dat een vreemde man drie keer naar Maria's huis was gegaan. Hij wist niet of ook iemand anders het had gezien. De adjunct-postbode misschien. Maar die zou dat aan niemand vertellen. Die zou niets vertellen wat in Maria's nadeel kon werken. Als de burgemeester bij Maria op bezoek kwam, ging hij in de keuken tegenover haar zitten, ze was nog altijd erg bleek. Hij zag zijn kans schoon, hij keek Maria aan als nooit tevoren, hij streelde haar hals, wat hij eerder nooit zo gedaan had, hij streek met zijn hand door haar haar, wikkelde haar haar om zijn hand en trok haar naar zich toe – dat was allemaal nieuw. Maria liet het allemaal gebeuren.

De burgemeester zei: 'Maria, wil je je niet weer eens wassen, je was toch altijd zo schoon op jezelf, je kleren waren altijd zo wit.'

Er zaten vlekken op haar bloes, de hemden van de kinderen waren al lang niet meer gewassen. Katharina veegde de vloer, Lorenz deed de afwas en Heinrich werkte als altijd in de stal, maar al met al zag het huis er smerig uit.

'Wie. Was. Die. Man?!' vroeg de burgemeester. En omdat ze niet antwoordde, vroeg hij het nog eens. En toen begon hij te schreeuwen en zwaaide hij met zijn hand, hij sloeg in de lucht, hij wilde de lucht slaan en doen alsof hij die man geslagen had. De burgemeester was geen vechtjas. Maar hij begreep wat het probleem was.

'Heeft hij je lastiggevallen?'

Maria antwoordde niet.

'Vond je het fijn dat hij je lastigviel?' Hij veranderde van toon. Alsof hij opeens van ambtswege bij Maria thuis was. 'Heeft mevrouw dat bezoek als prettig ervaren?'

Josef had de burgemeester gevraagd op Maria te passen, de burgemeester had toegezegd, en dit was hoe hij dat voor zich zag.

'Leg eens uit,' zei de burgemeester. Hij streelde Maria niet meer liefdevol over haar wang, maar pakte haar bij haar schouders. 'Leg mij uit wat hier aan de hand is!'

En toen ze weer niets terugzei, begon hij te schreeuwen, hij sprong op en vergat alle manieren die zijn moeder hem had bijgebracht. 'En zit niet te liegen, mens! Nou is mijn geduld op! Eindelijk doorzie ik je! Arme Josef! Alles is één grote leugen bij jou! Jij liegt aan één stuk door! Al die leugens van jou, daar kun je zo een auto van kopen, dan rij je hier het hele dal door, een zwarte wagen met een Zwitsers nummerbord, en dan denkt iedereen dat er een Zwitserse miljonair langsrijdt. Was het een Zwitser? Zeg op! Ik vraag of het een Zwitser was! Moet je geld voor hem bewaren? Laat zien! Ze graaien nu alles bij elkaar, ze duiken overal voor weg – en maar graaien!'

De burgemeester bleef Maria aan haar schouders schudden, hij bleef haar vasthouden bij haar schouders en haar rug. Ze sloeg haar handen voor haar gezicht en barstte in huilen uit, wat de burgemeester nog woedender maakte.

'Dus je zit om hem te janken! Dat is het natuurlijk! Ze zit hier om hém te janken, dát is het!'

De volgende dag kwam de burgemeester opnieuw de berg op, hij klopte aan en zei door de kier van de deur dat het hem speet en vroeg of ze hem alsjeblieft wilde vergeven, hij was alle manieren die zijn moeder hem had bijgebracht vergeten, maar écht alleen maar omdat hij zich zo veel zorgen om haar had gemaakt.

Mijn grootmoeder herstelde. Ze sprak niet over wat er gebeurd was. Als de maan haar kamer in scheen, lag ze wakker en dacht ze aan Georg. Wat had hij diep wortel geslagen in haar hart! Niemand kon haar haar verlangen afnemen, want de gedachten zijn vrij. Ze kende niemand die ze vertrouwde. De burgemeester kwam elke dag langs, naar eigen zeggen om te zien of alles in orde was. Hij had niet kunnen uitvinden wie die man was geweest. Lorenz had hem verteld dat de man uit Hannover kwam en Georg heette, meer wist hij niet. Zijn moeder had hem op de jaarmarkt leren kennen. Op de vraag hoe vaak de man bij Maria op bezoek was geweest, zei Lorenz dat hij maar van twee keer wist.

Er kwam een brief van Josef, waarin hij frontverlof aankondigde.

Twee van zijn kameraden waren meteen aan het begin van de oorlog gesneuveld en van de mannen die later opgeroepen waren ook nog twee. Vier doden uit hun dorp. Hun vrouwen en moeders hadden het per brief te horen gekregen. De pastoor had over de doden gepreekt. Men verwachtte dat Maria nu wel naar de kerk zou komen, vertelde Lorenz zijn moeder; bij de eerste dodenmissen was ze niet komen opdagen. Maria en de kinderen gingen op een bank achter in de kerk zitten, Heinrich, Lorenz en Walter ook, met z'n allen aan de kant van de vrouwen. De brief van Josef had ze bij zich in het mooie tasje dat ze van hem had gekregen, dat met de schelpen aan de zoom en de paarlemoeren gesp. Alsof zo'n brief een garantie was dat hij zou overleven. Niet één lief woordje stond erin. Maar ze wist hoe ze hem moest lezen.

Wat wist Maria van haar knappe soldaat? Niets. Wat wist ze van de oorlog? Bijna niets. Behalve dat vrouwen thuis in angst leefden. Iedereen was ervan uitgegaan dat de mannen in de herfst alweer thuis zouden zijn. En toen waren er begin september al twee dood en in november nog weer twee. Als Maria aan haar man dacht, dacht ze als eerste aan hoe schoon hij op zichzelf was. Aan hoe ongelukkig hij zou zijn in de modder. Aan het front kon je niet elke dag water over je hoofd laten stromen, dat mocht duidelijk zijn. En iedere dag hetzelfde hemd – en zeker geen wit hemd. En zo hard als schuurpapier. En kon je er je tanden poetsen? Werd een man als de hare, die schoon zijn zo belangrijk vond, uitgelachen als hij zijn best deed om schoon te blijven? Ze kon zich niet voorstellen dat ze Josef zouden uitlachen. Zou hij aan het front ook zijn tanden poetsen met zout? En zijn collega's, hoe zagen die eruit, en hoe roken ze? Nooit schoon ondergoed. Nergens een stuk van die lekkere citroenzeep waar je alleen via de burgemeester aan kon komen. Maar aan de burgemeester wilde ze niet denken. Die had de knoopjes van haar bloes opengemaakt, elf stuks, om bij haar borsten te komen, en haar eraan herinnerd hoe het zou zijn als Josef zou horen over die man uit Hannover. En Maria had haar ogen dichtgedaan en afgewacht. Hij had zijn handen op haar borsten gelegd. En toen had hij onder de rand van haar rok getast, maar niet ver, omdat ze met haar ogen had geknipperd. Dat was genoeg geweest. Ze had met haar ogen geknipperd en de burgemeester was geschrokken en had opeens zijn handen achter zijn rug gedaan. Wat moet ik allemaal toestaan, had Maria gedacht, om te zorgen dat hij zijn mond houdt, zonder de geschenken op het spel te zetten die ons leven lichter maken.

Geschiedenis wil zeggen dat iets voorbij is. Josef zou zwijgend naast haar in bed komen liggen en ze zou op hem gaan zitten en wachten tot hij klaar was. Josef, de vader van haar kinderen. Ze zou tot haar dood bij hem blijven. Ze wist alleen niet dat dat niet lang meer zou duren.

Hij zat niet in de loopgraven. Hij zat in de bergen. Zijn veldslagen speelden zich af in de bergen. Daar hadden ze holen gegraven, in Italië. Ze woonden er in een berg als in een huis. Ze hadden er tafels, banken, britsen en gordijnen voor als iemand zich wilde terugtrekken. Het tochtte er. Hun holen trokken als schoorstenen. En er was bijna altijd herrie. Hij werd gek van alle vuilbekkerij om zich heen, daar deed Josef niet aan mee, dat had hij nooit gedaan, thuis ook niet.

Hij had geld verdiend in het leger, in de bergen. Hoe en waarmee vertelde hij niet. Hij legde een pak bankbiljetten voor Maria op de keukentafel. In een onderbroek gewikkeld.

Hij wilde warm water en zeep, eerder ging hij niet naast zijn vrouw liggen. Maria legde een handdoek op de keukenvloer, daar ging hij op staan. Eerst boende hij zich af met heet water, Maria boende zijn rug, daarna knipte hij zijn teennagels en zijn vingernagels en vijlde ze, daarna schoor hij zich en zeepte hij zichzelf nog een tweede keer in en schoor zich nog een keer extra. Zijn haren waren pas geknipt, speciaal voor zijn verlof, dat hadden ze tenminste nog in het leger. Dat en nog een paar andere dingen. Plotseling begon Josef te ratelen – maar het duurde maar kort. Alsof iemand de kraan had opengedraaid en meteen weer dichtgedraaid. Hij sloeg de handdoek over zijn schouders en liep naakt en op blote voeten naar de put en ging in de betonnen kuip zitten, met Allerheiligen had het gesneeuwd en op sommige plekken was de sneeuw blijven liggen. Kou had hem nooit iets kunnen schelen.

In bed, dicht bij zijn vrouw, viel het Josef zwaar om niet aan de mannen te denken, de twee uit het dorp die waren doodgeschoten, hij had het nieuws nu pas gehoord, van Maria, en dat van die andere twee ook. Ze hadden niet op dezelfde plek gezeten, de mannen uit het dorp en hij. De een was hierheen gebracht, de ander daarheen, de dag nadat ze uit hun dorp waren vertrokken waren ze elkaar al uit het oog verloren. De hoeden hadden de hoofden overleefd. Er waren er dus al vier dood.

Zijn lichaam was koud. Alsof er niets warms meer in zat, alsof zelfs het bloed in zijn hart koud was. Hij was de overgeblevene, hij moest een slecht geweten hebben. Zei hij. Veel meer liet hij niet los over de oorlog.

'Heb je dat dan?' vroeg ze.

'Als het aan mij lag, was die hele oorlog er niet geweest,' zei hij. Maar hij wist dat iedereen in het dorp verwachtte dat hij een slecht geweten had.

'Hoe weet je dat?' vroeg ze. Zelf had ze niets gehoord wat in die richting wees.

Daar hadden ze het op het slagveld over, zei hij. En toen zei hij: 'Het is ook niet zeker of ik het overleef. Je hebt gelijk. Ik hoef geen slecht geweten te hebben voordat het laatste oordeel geveld is.'

Daar reageerde ze maar niet op.

'Waarom heet het eigenlijk een slagveld, terwijl jullie in de bergen zitten?' vroeg ze, zonder dat ze wist waarom, want het kon haar niets schelen.

'Dat hebben de hoge heren bedacht,' zei hij. Er werd ook 'gevallen' gezegd, alsof sterven aan het front niet meer was dan dat: neervallen. Nou, híj had nog niemand zomaar zien neervallen. Daar kon hij wel verhalen over vertellen, over hoe ze daar stierven. Zomaar neervallen was er niet bij. Wie verzon dat soort onzin! Weer was het alsof iemand de kraan had opengedraaid. Eerst staat een soldaat en opeens 'valt' hij. Wat een onzin. Als er geschoten werd, dan lag je meestal, dus als je ergens door werd geraakt, dan bleef je gewoon liggen. Opeens was de kraan weer dichtgedraaid. Zo veel spraakwater was Maria niet gewend van haar man. Dat verontrustte haar. Het was een aanwijzing dat Josef veranderd was. Bezorgd vroeg ze zich af wat er nog meer veranderd zou zijn aan haar man.

Ze dacht dat zijn lichaam zo koud was door zijn slechte geweten. Ze vlijde zich tegen hem aan, wreef hem over zijn rug, zijn achterwerk duwde tegen haar schoot.

'Ik krijg je gewoon niet warm,' zei ze.

'Ik heb het niet koud,' zei hij.

Als je die waanzin eenmaal gezien had. Als je het veldhospitaal eenmaal gezien had. Ze wilden allemaal naar het veldhospitaal. Omdat ze dachten dat ze daar bedden met schone lakens hadden. En een bad. Een bad! En lekkere zeep. Lekkere zeep! Maar als je er terechtkwam, wilde je liever terug naar het front. Eigenlijk was het in die tochtige holen van ze best gezellig. Als je de stank in het veldhospitaal eenmaal geroken had. Als je de armen en de benen had gezien die daar op de grond lagen. Alsof iemand ze vergeten was. Die lagen daar zomaar op de grond. Zoals er wel meer op de grond lag.

'Wat dan?' vroeg ze.

'Dat wil je niet weten,' zei hij.

'Dan moeten we het er maar niet over hebben,' zei ze.

'Nee, liever niet,' zei hij.

Ze zwegen. Alsof er niets anders was waar ze het over konden hebben. Hij had nog niet eens naar de kinderen gevraagd. En nu ze eraan dacht: hij had nog niet eens goed naar ze gekeken.

Ze zei: 'Het gaat goed met de kinderen.' Alsof hij ernaar gevraagd had.

'Ja,' zei hij.

Lorenz had hem een hand gegeven, als een vreemdeling. Heinrich had Lorenz nagedaan. Alleen Walter en Katharina waren hun vader in de armen gevlogen. Katharina wilde meteen touwfiguren met hem maken, ze spande een samengeknoopt touwtje om haar vingers en legde uit dat hij het los moest halen. Maria liet zien hoe het moest en hij deed het na. Hij had zijn rugzak nog op zijn rug en hij was nog niet eens binnen geweest.

'De afgerukte ledematen,' zei hij.

'Liever niet,' zei ze.

Maar hij vertelde verder, zijn lichaam was nog steeds koud, alleen zijn handen, die warmden langzaam op, hij had ze tussen haar benen gelegd, hij streelde haar schaamhaar.

'De verminkten... op een avond waren ze samen een lied aan het zingen... moet je voorstellen... ze misten allemaal wel iets... de een 'n halve kaak... dat die vent nog kon zingen...' Toen had hij weer naar het front gewild.

'Maar waarom lag je dan in godsnaam in het veldhospitaal?' vroeg ze. 'Ze hebben je niet geraakt, toch?'

Hij had koorts gehad. Die verrotte kies. Aan het front raakte alles razendsnel ontstoken. Er waren zelfs mannen aan een schrammetje overleden. Gecrepeerd waren ze. Als je er niets aan deed, was je weg voor je er erg in had. Aan het front omkomen door kiespijn was een schande. Zo'n verhaal zou meteen rondgaan, en ook hun dorp bereiken.

'Is die kies er nu uit?' vroeg ze.

'Ja,' zei hij, 'ik laat het morgen wel zien.'

'Ergens voorin?'

'Nee, helemaal achterin.'

'Kunnen ze dat dan, in het veldhospitaal?'

'Het zijn de beste die er zijn,' zei hij. Zij waren sowieso de besten. Daar waar hij zat, dat waren de besten. De beste soldaten, de beste kappers, de beste tandentrekkers. Zij waren het Isonzo-leger. Iets beters was er niet, dat had zelfs de keizer gezegd.

'Er zal nog lang over ons gepraat worden,' zei hij.

En toen viel hij in slaap. Midden in een zin. Maria sliep ook snel in. Die nacht werden ze tegelijk wakker. Meteen was het alsof de oorlog niet bestond. En alsof die man uit Hannover niet bestond. Maria zei dat het fijner was dan ooit tevoren. Hij zei dat hij dat ook vond. 's Ochtends vreeën ze opnieuw met elkaar.

'Hoelang kun je blijven?' vroeg Maria.

Hij zei: 'Vier dagen. Misschien minder.' Toen zei hij: 'Raar dat je dat nu pas vraagt.'

'Raar dat je het nu pas zegt,' pareerde ze.

Ze kwamen overeen dat het was omdat ze zo van elkaar hielden en dat ze de oorlog daarom vergeten waren. Maar zo was het niet, voor haar niet en voor hem ook niet. Als hij lachte kon ze het gat in zijn gebit zien. Het zag er stoer uit. Ze vond het leuk. De oorlog had haar Josef nota bene nog knapper gemaakt. Stel je voor!

Maar de burgemeester, Gottlieb, kwam ook op bezoek. Hij sloeg Josef ter begroeting zo hard op zijn schouder dat Maria de woede in diens ogen zag, en bang werd dat er iets zou gebeuren wat ze voordat Josef gemobiliseerd was nooit voor mogelijk had gehouden. Ze wist dat hij opvliegend kon zijn, maar hij had nog nooit iemand geslagen. Dat had hij in het leger misschien geleerd. Maar er gebeurde niets. De Italiaanse troepen hadden weliswaar verliezen geleden, maar getalsmatig waren ze nog altijd sterker, vertelde de burgemeester. En toch zouden ze hen verslaan, als God het wilde.

'Dat met God is wel een verhaal apart,' zei Josef. Daar gingen ze verder niet op in.

En toen zag Maria haar man buiten met de burgemeester praten. Ze hebben het over mij, dacht ze. Josef gaf de burgemeester een omwikkeld pakje. Waarschijnlijk ook bankbiljetten, dacht Maria, alleen nu niet in een onderbroek gewikkeld. Dat ze een man had die zelfs in de oorlog handel wist te drijven, daar kon ze trots op zijn. Ze herinnerde zich wat haar zwager eens had gezegd: dat hij zich afvroeg waarom er niet meer van Josef was terechtgekomen. Hij had zijn zondagse pak aangetrokken, dat had ze nu pas in de gaten. Ze lachte in zichzelf. Omdat ze die nacht en die ochtend zo heerlijk gevreeën hadden, had hij zijn zondagse pak aangetrokken. En nu vroeg hij aan de burgemeester of zijn vrouw hem trouw was geweest. Stel dat de burgemeester hem over de bezoeker uit Hannover vertelde en dat hij loog dat hij die man 's ochtends zo vroeg in hun huis, ja inderdaad, ín hun huis, had gezien dat je je afvroeg of hij de nacht hier soms had doorgebracht. Stel dat de burgemeester dat vertelde, dan... Josef was ongewapend uit de strijd naar huis gekomen, maar in de bergen had hij misschien al een paar Italianen om het leven gebracht.

De burgemeester stak het omwikkelde pakje in zijn zak, zonder ernaar te kijken. Voor Maria voelde het alsof in dat pakje zat wat zij waard was. Haar prijs. De prijs voor een vrouw die ongeschonden werd teruggegeven. Ze walgde van het idee, maar tegelijkertijd vervulde het haar met trots.

Niemand thuis wilde dat vader iets zou doen, hij was thuis om uit te rusten. Maar Josef deed wat hij voorafgaand aan de oorlog ook had gedaan. Hij ging naar de stal. Hij prees Heinrich. Heinrich werkte aan zijn zijde. En hij prees Lorenz. De kleine Walter rende de stal in en zijn vader zette hem op de mooiste van de twee koeien. Allemaal in zijn zondagse pak. Het zou haar een dag kosten het pak weer schoon te krijgen en het zou drie dagen moeten luchten.

'Hebben jullie ook koeien in het leger?' vroeg Walter.

'Paarden,' zei Lorenz, en vader knikte.

De burgemeester kwam nog eens en trok zich terug met Josef. Voor zover Maria het meekreeg, hadden ze het over hun handeltjes. Misschien hadden ze het buiten ook over hun handeltjes gehad en helemaal niet over haar. De burgemeester rook naar drank. Maria schotelde hun de geschenken van de burgemeester voor. Most, spek, kaas. Daarna ging ze naar de slaapkamer om het flanel voor een nieuw hemd te rijgen. Het was voor Josef, om onder zijn legerkleding te dragen. En ook tegen de kou in de bergen. Het zou hem goeddoen. Misschien dacht hij dan aan hoe hij zijn handen had gewarmd tussen haar benen. Hij was per slot van rekening haar echtgenoot.

Alleen in de keuken was het warm. Er zaten 's ochtends al ijsbloemen op de ruiten en als ze naar buiten wilden kijken, moesten ze krabben.

Opnieuw vertrok Josef naar het front. Al na drie dagen moest hij terug naar zijn eenheid. Er waren hem vier dagen beloofd en hij kreeg er drie. Het sneeuwde. Maria keek hem na, hoe hij over de weg naar beneden liep, in de richting van het dorp. Alsof hij aan één stuk door naar Italië marcheerde. Op zijn rug de grijze rugzak die niet van hem was, maar van de keizer.

Haar vader had in het leger het knuffelen verleerd, vertelde mijn tante Kathe. In het openbaar knuffelen was nooit iets voor hem geweest, en voor hem begon de openbaarheid al voor zijn eigen huis. Ook als er in geen velden of wegen iemand te zien was. Als er iemand de berg op kwam, kon je hem een kwartier voor je zijn stem hoorde – of hij de jouwe – al zien aankomen. En toch, zodra Josef een voet buiten de deur zette, was het gedaan met kussen, aaien en liefkozen. Buitenshuis was de openbaarheid. Maar sinds hij was teruggekomen uit het leger, knuffelde hij binnen ook niet meer. Zij, Katharina, had hem willen omhelzen en kussen, maar hij had zijn hoofd weggedraaid en haar met zijn handen afgeweerd. Wat er tussen vader en moeder in de slaapkamer gebeurde, wist zij natuurlijk niet. Het had haar pijn gedaan, zei ze, dat haar vader haar had afgewezen. Het was tussen haar en haar vader nooit meer zo geworden als voor de oorlog.

'Heel grof gezegd,' zei ze, 'ben ik in de oorlog mijn papa verloren. Voor de oorlog zei ik papa tegen hem, na de oorlog noemde ik hem vader.'

'En?' vroeg ik. 'Hoe reageerde hij daarop? Dat hij plotseling geen papa meer was, maar vader?'

'Daar zeg je iets,' zei ze. 'Dat was ik vergeten. Daar zeg je iets, hij reageerde er wel op. Nu je het vraagt, zie ik hem voor me. En ik hoor weer wat hij zei. Dat is toch merkwaardig, hoe je herinnering werkt.'

'Wat zei hij dan?' drong ik aan.

'Hij zei, hij zei: "Hé, jij bent een kouwe kikker geworden." Dat is nou het rare. Zoiets had hij voor de oorlog nooit gezegd. Op die manier.'

'Maar je bent geen kouwe kikker, tante Kathe,' zei ik.

'Toch wel,' zei ze.

Toen ze al niet eens zo jong meer was, had mijn tante Kathe een vrijer, hij stond haar niet aan, maar toch. Hij kwam uit een arbeidersgezin en liet zich erop voorstaan dat hij op zijn veertiende zijn vader onder de tafel geslagen had; tot dan toe was het andersom geweest. Bovendien had hij een Liechtensteins paspoort gehad. Daarom dacht hij dat hij overal mee kon wegkomen. Mijn tante had een hekel aan geweld. De vrijer bleef aandringen en dreigde dat hij haar zou vermoorden als ze niet met hem trouwde. Ze geloofde hem en werd zijn vrouw. Zoals ik eruitzie, dacht ze, wil niemand me hebben, dus neem ik hem maar. De man bleek onschuldig, maar alleen tegen haar; tegen zijn zoons was hij streng, gevoelloos. Om zijn dochter bekommerde hij zich niet. Toen een van zijn zoons in de sportzaal zijn horloge was kwijtgeraakt, had hij de riem van de keukenkast gehaald en hem er bijna mee doodgeslagen. Deze zoon had een vriend waar hij graag mee kaartte. Ik vond het een leuke jongen, omdat hij met veel stelligheid had verkondigd dat er iets bijzonders van mij zou worden. Ik wilde met ze kaarten, en dat mocht, maar als ik een bok schoot, als ik iets verkeerd deed, moest ik onder de tafel zitten. De man van tante Kathe was vel over been. Hij at niets en dronk iedere avond tien bier. Hij stuurde me naar de kiosk om Dreier te halen, dat waren sigaretten zonder filter in een kartonnen doosje. Voorzichtig met die sigaretten, zei hij, als je ermee schudt valt de tabak eruit, dan zul je wat beleven. Ik schudde ermee, maar er gebeurde niets. Mijn twee zussen en ik woonden na de dood van onze moeder bij tante Kathe. Ze had ons in huis genomen in haar driekamerwoning in een huurkazerne die voor Zuid-Tirolers was gebouwd en waar armelui woonden. De weinige frisse lucht die er was deelden we met haar, haar kinderen, haar man, haar broers Walter en Sepp en een van haar nichten. Ze deed iedere ochtend bij open raam, ook in het koudst van de winter, gymnastiekoefeningen voor, die wij moesten nadoen. Ik was daar heel goed in, maar complimenten gaf ze niet. Ze naaide mouwbeschermers voor ons, maar ik trok ze meteen weer uit en stopte ze in mijn schooltas. Ze probeerde ons gelijk te behandelen. We waren bang voor haar man, die opvliegend was maar nooit naar ons omkeek. Hij luisterde ieder heel uur naar het nieuws, en als een van zijn zoons het waagde ook maar één woord te zeggen, brulde hij hem toe en gaf hem met een vork een tik op zijn vingers. Onze tante nam ook twee van haar broers in huis, Walter en Sepp, toen die van hun vrouw scheidden. Ze kon beter koken dan welke chef-kok ook. Van mij kon ze geen hoogte krijgen, zei ze, dat was een probleem en dat zou het ook de rest van mijn leven blijven. Mijn kleine zusje was nog maar vier en plaste in bed als ze 's nachts niet op de wc werd gezet. Maar de man van onze tante had ons dat verboden. Zo zaten mijn grote zus en ik haar bij haar bed te smeken in een melkkan te plassen, maar dat wilde ons zusje niet. 's Avonds zette onze tante alle schoenen voor de voordeur. Ik zat ze op het rooster te poetsen, wat ik heerlijk vond, omdat het dankbaar werk was.

Toen tante Kathe opgebaard lag tussen de hibiscusbladeren, leek ze net een oude indianenvrouw.

De burgemeester twijfelde niet aan zichzelf. Sinds hij burgemeester was, schuurde hij elke dag zijn handen, hij mengde zand door zijn zeeppoeder, krabde met een zakmes het vuil onder zijn nagels vandaan, schoor zich elke ochtend en deed eau de cologne op. Een politicus, zei hij bij zichzelf, en een burgemeester was zonder twijfel een politicus, moest de goede beslissingen nemen, ook als het goede soms niet met de catechismus te verenigen was. De natuur, daar hoefde je haar niet voor bestudeerd te hebben, was niet rechtvaardig, dat zag je zo, maar was hoe dan ook goed. Als hij naast zijn vrouw lag, die hij volgens alle regels eerde, dacht hij aan Maria en stelde hij zich voor hoe het zou zijn als zij naakt bij hem lag. Hij had Maria naakt gezien. Toen hij haar naar de put had gedragen, onder water had gehouden en weer naar haar huis had gedragen. Dat hij haar hulpeloosheid niet had misbruikt, beschouwde hij als een uitzonderlijke verdienste. Dat hij niet eens op het idee was gekomen haar te misbruiken. Of wílde Maria juist een bruut, een kerel die zo'n situatie zou misbruiken, vroeg hij zich af. Misschien was die rare snuiter uit Hannover er wel zo een. Hij zag de twee voor zich in haar slaapkamer. Liggen, jij, zei hij. En zij ging liggen. Kleren uit, zei hij. En zij deed haar kleren uit. Benen wijd, zei hij. Was dat het, dat ze niet eerder een man had gehad die haar zo behandelde? Dat ze zich daarom klem had gezopen toen hij was vertrokken. Was ze misschien bang geweest dat ze er nooit meer zo een zou krijgen?

Toen Josef met verlof was, had de burgemeester hem ervan weten te overtuigen dat zijn vrouw zich had gedragen. 'En?' was het enige geweest wat Josef had gezegd toen ze met zijn tweeën buiten stonden.

De burgemeester had gedaan alsof het een vraag naar zijn goede gaven was, alsof hij nooit op het idee zou komen dat Josef iets anders bedoelde. 'We hebben genoeg over,' had hij geantwoord. 'Ik heb haar en de kinderen om de dag wat gebracht. Het komt uit een goed hart, ook dat van mijn vrouw. Je hoeft ons niet te bedanken.'

Maar bedanken deed Josef ook niet. Hij vroeg het nog een keer. 'En?'

De burgemeester trok een gezicht alsof hij toen pas in de gaten kreeg wat Josef bedoelde en grijnsde kameraadschappelijk. 'Ze houden zich hier gedeisd. Wie het lef heeft, krijgt met míj te maken, dat weten ze allemaal. En ze weten ook allemaal wat dat betekent.'

Maar Josef was nog altijd niet tevreden. Hij maakte zijn vraag zowaar nog een woord langer. 'En zij?'

De burgemeester bleef in zijn rol. 'En zij? Wat bedoel je?'

'Zij!' herhaalde Josef streng, op commandotoon. Die beheerste hij ondertussen wel.

'Maria, bedoel je!' riep de burgemeester. 'Of Maria? Of zijzelf?' Hij speelde het spel zo overtuigend dat hij zelf verontwaardigd raakte. 'Wat is er met je gebeurd in het leger, Josef? In vredesnaam! Is dat wat de oorlog met mensen doet? Ben je vergeten wat voor vrouw je hebt? Josef! Ik kon het je altijd al vertellen, en ik heb het je ook verteld voordat je vertrok: ik hoef haar echt niet te bewaken. Misschien dat ze me nodig heeft als beschermer, maar niet als bewaker. Helemaal niemand hoeft haar te bewaken. Als er zich iemand rare dingen in zijn hoofd haalt, dán ben ik pas nodig. Maar dat gebeurt niet. Omdat niemand het met mij aan de stok wil krijgen. Je kunt Maria volledig vertrouwen. Is het nou al zover dat ik je vrouw beter ken dan jij? Josef!'

Josef knikte en was gerustgesteld. Hij zou er bij een nieuw frontverlof niet meer naar vragen. Als hij nog eens verlof zou krijgen. Of nooit meer, om wat voor reden dan ook. Kou, sneeuw en lawines waren ergere vijanden dan die Italiaanse kastanjevreters. Maar ook een lafaard kon je met een kogel raken, desnoods bij toeval.

Toen de burgemeester alleen was geweest met Maria had hij haar geprezen. Zoals ze haar gezin bestierde, de kinderen opvoedde, het huis schoonhield. En zichzelf. Hij had zijn vinger langs richels gehaald, hem onder zijn neus gehouden en uitgeroepen: 'Niks! Geen stofje!' Ze had alleen geglimlacht. Hij kende geen vrouw die zo mooi kon glimlachen. En hij kende al helemaal geen vrouw die zo mooi kon zitten. Hoewel alles aan haar erg goed te zien was als ze zat – niet in de laatste plaats haar pronte borsten, omdat ze rechtop zat, met holle rug, en haar ronde heupen, omdat die nog ronder werden als ze zat, haar ranke hals, haar lange hals, omdat ze haar kin omhooghield – en hoewel je daar als man alleen maar gek van kon worden, en onoplettend, toch ontroerde ze hem en hij dacht: ik moet haar met rust laten. Als ze zat, was ze eerder ontroerend dan begeerlijk. Zo, in haar keuken, waar alles klein en krap en tot in de puntjes verzorgd was, een stilleven haast; deze vrouw kon niets lelijks om zich heen verdragen. De gedachte kon de burgemeester zomaar overvallen: dat God zoiets had weten te scheppen! Hij vermoedde dat Onze-Lieve-Heer dat niet had gedaan om haar door hem te laten overmeesteren. Het moest een vergissing zijn dat Maria in hun dorp was terechtgekomen. Eén keer in zijn leven was de burgemeester in de verre hoofdstad Wenen geweest – daar had Maria goed gepast. Zodra ze opstond en heen en weer liep in haar keuken was het met zijn vrome overpeinzingen gedaan en staarde hij naar haar achterwerk, dat met haar mee bewoog, bij iedere stap die ze zette een klein schokje.

Meteen op de dag dat Josef terugging naar zijn eenheid, stond de burgemeester voor de deur. Ondanks de natte sneeuw en de hevige storm was hij de berg op gekomen. De kinderen waren naar school. Hij trok zijn spijkerschoenen uit, liep op sokken de keuken in, maakte koffie, echte koffie, van bonen die hij zelf had meegebracht; ze aten van de taart die zijn vrouw had gebakken.

'Ik ben jullie weldoener,' zei hij. 'Dat heb ik Josef beloofd. En als ik iets beloof, dan doe ik dat. Maar! In deze tijden is niemand ongevaarlijk, absoluut niemand, neem dat van mij aan, Maria, ik niet en jouw Josef niet, neem dat van me aan, Maria, jouw Josef is een goed mens, maar ongevaarlijk is hij niet, als ik een smeerlap was, kon ik zo aangifte tegen hem doen en vermoedelijk werd hij dan voor een krijgsraad gedaagd en gefusilleerd, maar wie doet zoiets, dat is de vraag, Maria, wie het ook doet, ik doe het niet, ik ben jullie weldoener.'

De burgemeester had aan één stuk door gesproken, zonder op ook maar één woord nadruk te leggen, zelfs het woord 'gefusilleerd' had hij niet beklemtoond, pas aan het eind van zijn uiteenzetting had hij een punt gezet. Maria kuste zijn hand.

'Dat wil ik niet,' zei hij. 'Het komt uit een goed hart wat ik jullie breng. Jou en de kinderen. Het is vrijwillig. Josef en ik hebben het niet afgesproken. Het komt rechtstreeks uit mijn hart. Dan is een gezelschapskus niet gepast.'

'Dat woord ken ik niet,' zei ze en stond op, wat als een teken was bedoeld.

'Laat het me je nog eens uitleggen,' zei hij en hij ging vlak voor haar staan.

'Ik wil dit niet,' zei ze.

Hij schoof haar mouwen naar boven, schoof zijn handen in haar blote oksels, duwde haar bloes omlaag en probeerde bij haar borsten te komen. Maar de armsgaten waren te krap, en hij vloekte en rukte. Ze probeerde hem te slaan. Hij trok haar tegen zich aan. Ze moest uitkijken dat ze niet omviel. Ze was bang dat dat precies zijn bedoeling was. Dat hij dan op haar viel. Hij dwong een knie tussen haar benen en schoof haar rok omhoog. Ze kon zich niet losmaken, hij zat met zijn handen vast in haar mouwen. Opnieuw probeerde ze hem te slaan, raakte in paniek, sloeg hem tegen zijn hals. Toen was ze vrij en hapte ze naar adem.

Hij bood zijn verontschuldigingen aan. Als ze hem één keer liet begaan, één keertje maar, zou hij haar daarna nooit meer lastigvallen. Dat zwoer hij. En dat het in tijden als deze niets uitmaakte als ze hem één keer liet begaan, echt helemaal niets. Er keek in deze tijden niemand uit de hemel naar zo'n dorp aan het einde van een dal, aan het einde van de wereld. Wat dacht ze nou, wat Josef daar allemaal uitspookte in de Italiaanse bergen. De hoeren werden daar met busladingen tegelijk aangevoerd. Hoeren van overal vandaan, tot uit Afrika aan toe. Zwarte vrouwen, daar konden de mannen van hier nooit van afblijven. En in de oorlog was alles toegestaan, dat wist iedereen. Josef zou het haar echt niet nadragen. Ook niet als hij het wist. Maar hij zóú het niet te weten komen. Nooit. Eén keertje wilde hij maar! Eén enkel keertje! Na de oorlog zou alles anders zijn, dan was er niets gebeurd. Ook de simpelste soldaat zou blij zijn als alles wat hij in de oorlog had uitgehaald niet gebeurd was.

'Ik wil alleen maar wat je die kerel uit Hannover hebt

gegeven, Maria. Meer niet. Eén keer maar, Maria! Eén keer!'

Ze rukte zich los, rende de slaapkamer in en blokkeerde de klink met de rug van een stoel. Sleutels waren er niet in het huis van de bagage. Eerst bonsde hij nog op de deur. Toen droop hij af.

Toen de kinderen uit school kwamen en ze samen hadden gegeten, stuurde Maria Katharina, Walter en Heinrich naar buiten, ze zette hen aan het werk in de stal, in de schuur, bij de koeien en de geit. Lorenz nam ze bij zich in de slaapkamer, de deur deed ze dicht.

'Lorenz,' zei ze, 'jij moet me beschermen. Hij wil wat van me. Vraag me niet wat. Dat weet je wel.'

Ze hoefde ook niet te zeggen op wie ze doelde. Ze zaten naast elkaar op het bed, moeder en zoon. Lorenz snoof luid. Zijn mond verstrakte. Dat zag ze, hoe weinig licht er ook door het piepkleine raampje viel. Zo moesten ze het volgens haar aanpakken, zei Maria even later: als hij kwam, moesten de kinderen met z'n allen in de keuken blijven en wachten tot hij weer wegging – al bleef hij de hele nacht. Lorenz moest op de plek van de burgemeester gaan zitten en niet opstaan, ook niet als de burgemeester zou zeggen dat dat moest.

'En wat nou als wij op school zijn?' vroeg Lorenz.

'En wat nou als jij eens een tijdje thuisbleef?' vroeg Maria.

'Dat kan ook,' zei Lorenz. 'Dan leer ik thuis.'

'Ik kan je helpen,' zei Maria.

Toen ze die avond weer met z'n allen aan tafel zaten, Heinrich, Katharina, Lorenz en Walter, zei ze: 'Lorenz wil jullie iets vertellen.'

Lorenz vertelde zijn broers en zijn zus alles wat zijn moeder hem had verteld, hij maakte niets mooier of onschuldiger dan het was, maar ook niets groter.

Katharina zei: 'Ik ga naar het dorp en vertel het aan zijn vrouw, die vindt mij aardig.'

Lorenz zei: 'Als je dat doet, vindt ze je niet meer aardig.'

Heinrich maakte zich klein. Walter keek van de een naar de ander en prentte zich alles in. De hond en de kat deden alsof zij ook alles begrepen.

Ten eerste: tot waar en wanneer loopt de bagage door? Hoor ik er nog bij? Horen mijn kinderen er nog bij? Hoort mijn man erbij? En ten tweede: hadden ze ook plezier bij de bagage, werd er ook gelachen?

Voordat ze trouwde was mijn grootmoeder een uitgelaten en vrolijk meisje, ze kon zich op de dansvloer helemaal laten gaan, zoals dat heet, al was dat maar een paar keer gebeurd. Toch werd er gretig over gepraat. In het dorp, maar ook in haar familie. Ze zong graag en niet onverdienstelijk, maar haar zus had een mooiere stem. Toch was het altijd heerlijk als ze samen zongen. Ze zongen tweestemmig. Soms zong er nog een vriendin mee en zongen ze driestemmig. Iedereen die het hoorde werd er vroom van, zo mooi was het. De man van Maria's zus was een man van de wereld, heette het, hij had een jaar in Berlijn gewoond en zat altijd vol verhalen over de wereldberoemde stad. Hij speelde accordeon en vond het heerlijk als de zussen erbij zongen, hij was ervan overtuigd dat ze in Berlijn kansen zouden hebben. Hij had een lied uit de stad meegebracht: 'Püppchen, du bist mein Augenstern'.

En Josef? Als die met de kinderen speelde en zijn handen in de poppenkastpoppen stak, rechts Kasperl en links de krokodil, dat was een vrolijke boel. De kinderen lachten, Maria lachte. Ze had de poppen zelf genaaid, naaien kon ze als de beste. Hemden naaide ze ook, ze had ook wel in opdracht genaaid. Josef kon gekke stemmetjes opzetten, de ene keer was hij Kasperl geweest, dan weer de boze krokodil en dan gewoon weer vader, hun gewone vader.

Over mezelf kan ik me alleen herinneren dat ik bij mijn tweede man zo heb gelachen, ik kreeg er pijn van in mijn buik en de tranen rolden over mijn wangen als hij stemmetjes opzette en mensen nadeed.

En mijn oom Lorenz, lachte die ook? Lachte hij vrolijk? Ik herinner me zijn zware bril, die letterlijk zwaar was, donkerbruin, eentje van het ziekenfonds of uit Rusland, neem ik aan, je had hem zo als presse-papier kunnen gebruiken. Lorenz was degene die altijd in het middelpunt stond. Hij had iets militairs over zich, hoewel hij met alle uniformen de draak stak, tot dat van de postbode aan toe. Als hij bij ons op bezoek kwam, stond mijn vader op uit zijn leunstoel, moeizaam vanwege zijn kunstbeen, om hem te begroeten: 'Daar komt de vijand!' Ik bracht ze dan het schaakbord, zette de stukken neer, verstopte achter mijn rug een witte pion in mijn ene hand en een zwarte in de andere en liet oom Lorenz kiezen. Wit begon. En dan zette ik thee en diende die op. Met iets zoets erbij. Altijd. Maar ze raakten het niet aan. Nooit. Oom Lorenz deed een heleboel suikerklontjes in zijn thee, die niet goed oplosten. Hij dronk zijn kopje in één slok leeg. De suiker bleef op de bodem achter. Ze speelden twee, drie uur, zonder veel te praten, en dan nam oom Lorenz weer afscheid. 'De vijand vertrekt!' riep mijn vader dan. Die twee mochten elkaar erg graag.

Ik wist dat oom Lorenz in de Tweede Wereldoorlog in Rusland gedeserteerd was, dat hij zich had aangesloten bij het Rode Leger en een Russische vrouw en een kind had gehad. Ik stelde me altijd voor dat je het op een of andere manier aan hem kon afzien, dat avonturiersleven, dat hij er dapper uitzag. Maar nee. Hij zag eruit zoals alle mannen eruitzagen in die tijd. Volgens mijn vader had hij een hoge dunk van zichzelf en vond hij anderen achterlijk. Ook wat dat betreft zaten ze op één lijn. Van de Russische vrouw is niet eens een foto. En van hun kind ook niet. Twee van zijn zoons hier werden inbreker, en eentje maakte met een strop een eind aan zijn leven. Ik kan me de tweeling nog goed herinneren. Ze waren in de zomervakantie bij ons, twee bijdehante jongens, de een sterk, de ander zwak. Ze zaten allebei achter mij aan. Mijn vader zei altijd dat Lorenz onder betere omstandigheden een belangrijk man zou zijn geworden. Ze hadden allebei vooral belangstelling voor boeken en ideeën. Ze hielden van vrouwen die intelligent waren en met hen op gelijke hoogte stonden. Al viel mijn vader op vrouwen die een kop kleiner waren dan hij.

Lorenz, mijn zoon, is het tegenovergestelde van zijn oom. Hij is schilder. Schildert graag dieren. Hij zou er nooit op schieten. Hij zat een keer in de metro met een grote emmer muurverf. De emmer viel om en alles kwam onder te zitten, maar hij haalde alleen zijn schouders op, verder niets. Een paar passagiers kregen spetters op hun kleren. 'Meteen uitwassen,' zei hij, verder niks. Geen mens wond zich op. Hij mag dan absoluut niet op zijn oom willen lijken, toch zou die hetzelfde hebben gedaan. Die zou zich ook niet hebben verontschuldigd. 'Wie zich verontschuldigt, is schuldig,' zei mijn oom Lorenz vaak, ook weer zonder enige aanleiding, soms in plaats van 'goeiemorgen' of 'tot ziens'. In zijn atelier knielt mijn zoon voor zijn doek, alsof hij het bezweert. Of hij pakt een kwast, maakt die aan een stang vast en loopt op blote voeten over een doek dat op de vloer ligt uitgespreid. Hij zegt: 'Je kunt het best helemaal nergens aan denken, dan gebeurt er iets.' Als kind was hij nooit ziek. Als ik kookte, speelde hij in de keuken, kroop hij in het gat tussen de keukenkast en de afwasmachine en ging daar torens zitten bouwen van medicijnbuisjes. Mijn oom Lorenz was ook nooit ziek, zijn hele leven niet.

Van mijn ooms kende ik Heinrich het slechtst. Als ik alles bijeen sprokkelde wat hij ooit tegen me gezegd heeft, zou ik er nog geen bladzijde mee kunnen vullen. Hij had als kind altijd van een paard gedroomd. Toen hij de veertig al gepasseerd was, kon hij er zich een permitteren. Hij kocht een Noriker met een zeldzame gevlekte vacht. Hij had de merrie op een veiling gezien en was er meteen verliefd op geworden. Een heel groot, heel breed dier met haar tot over de hoeven. Oom Heinrich heeft het me een keer laten zien. Ik kon me goed voorstellen dat hij gek was op dat paard. Hij had er veel geld aan uitgegeven. Het witte vel met de zwarte vlekken vond hij prachtig. Ik ook. Als jongen en jongeman was Heinrich verstandig geweest en had hij alleen belangstelling gehad voor het boerenleven. Zijn ouders en zijn broers en zussen zagen weinig anders in hem dan zijn werkkracht. Alsof hij een tractor was. Bij familiefeestjes kwam hij niet opdagen. En er werd niet over hem gepraat. Niet omdat er een geheim was. Maar omdat er juist géén geheim was. Tussen de dieren voelde hij zich beter op zijn plek dan tussen de mensen. Dat was altijd zo geweest. Toen zijn ouders overleden waren, was hij snel uit huis gegaan. Hij was de oudste, het ouderlijk huis aan het eind van het dal werd geveild, hij zocht een baan in een fabriek. Daar leerde hij een vrouw kennen. Zij was nog onopvallender dan hij, ze gaf hem het vertrouwen dat hij meer voorstelde dan zij. Dat was belangrijk voor hem, al liet hij dat niet merken. Al zijn dat ook allemaal maar vermoedens. Vermoedens van mijn tante Kathe. Heinrich en zijn vrouw hadden een dochter en een zoon. Samen zwoegden en spaarden ze tot ze een kleine boerderij konden kopen om zich daar te vestigen. Ze waren tevreden, maar erg moe. Over haar weet ik weinig. Eigenlijk niets. Al weet ik wel dat zijn paard hem gelukkiger heeft gemaakt dan wie of wat dan ook, ook gelukkiger dan zijn vrouw en zijn kinderen hem maakten. Ik heb gehoord dat zijn dochter carrière heeft gemaakt als tolk en in Parijs woonde. Oom Heinrich had het paard nog geen twee weken in zijn stal of het ging op zijn blote voet staan, waardoor hij ziek werd. Zijn voet raakte ontstoken en werd zwart. Zijn goede vrouw verbond hem met kruidenkompressen en wist hem te redden. Naar een dokter ging hij niet. Sinds het ongeluk kon hij de Noriker niet meer verdragen. Zijn vrouw verzorgde het paard, en als Heinrich het in de wei zag staan, deed hij zijn handen voor zijn ogen en hoopte hij dat het paard dat zou zien. Zijn voet zou niet meer volledig genezen en belemmerde hem bij zijn werk. Nu deed zijn vrouw bijna alles. Heinrich probeerde zijn zoon bij te brengen dat hij zijn moeder hoorde te helpen, maar dat leverde niet veel op, zijn zoon was 's ochtends al moe. Op een dag kwam zijn dochter op vakantie uit Parijs, ze bracht haar zoon mee. Ze droeg heel chique kleren en een dure leren koffer. Haar zoon was een knappe vent met een dikke bos zwart haar. Heinrich werd helemaal dol op zijn kleinzoon en haalde zijn dochter over de jongen bij hem te laten, hij zou voor hem zorgen, en zo zou het ook gaan. Hij leerde samen met de jongen en vond dat er beslist iets van hem terecht moest komen. De jongen leerde Heinrich Frans, en al snel was dat de enige taal waarin ze nog met elkaar spraken. Op een dag zei Heinrich tegen zijn oogappel dat hij een wens mocht doen, het maakte niet uit wat het kostte, hij had namelijk nogal wat geld gespaard. Toen zei de jongen dat hij de Noriker voor zichzelf wilde.

'Si je n'ai pas à le regarder,' zei Heinrich en hij trok de jongen gelukzalig tegen zich aan.

Mijn oom Heinrich sloot vrede met het paard en sindsdien klonken uit de stal vaak luid gelach en gehinnik, van grootvader, kleinzoon en paard.

Toen de burgemeester de volgende keer Maria's huis binnenkwam, zonder te kloppen en zonder aan te bellen, zat Lorenz in de keuken op de plek waar de burgemeester normaal gesproken ging zitten. Hij had het geweer op zijn knieën, met zijn ene hand hield hij de loop vast, de andere lag op de trekker.

'Kijk eens aan,' zei de burgemeester. 'Waar is je moeder?'

'Die is weg,' zei Lorenz.

'Dat is geen antwoord.'

Lorenz keek hem alleen maar aan, hij zei niets. De burgemeester merkte al dat de jongen moeite had om hem aan te blijven kijken. Het was al bijna middag, maar het rook niet naar eten. En de tafel was leeg. Geen borden, geen kopjes, geen boter, geen kan melk, geen brood, geen spek, geen kaas.

'Mooi geweer,' zei de burgemeester. 'Kun je daarmee schieten?'

Lorenz knikte. Hij liet zijn hoofd zakken en keek hem vanonder zijn wenkbrauwen aan.

'Waar schiet je dan op?'

Lorenz haalde zijn schouders op.

'Vogels?'

Geen antwoord.

'Grotere dieren?'

Geen antwoord.

'Een mooi geweer. Daar moet je niet zomaar voor de lol mee schieten. Op bierflesjes of zo. Dat is zonde.'

Lorenz verstevigde zijn greep op het geweer, er ontsnapte hem een zucht. Hij strekte zijn rug. Hij had een ronde rug, dat gaf hem iets spiedends.

De burgemeester zag de angst in zijn ogen. 'Dat geweer daar, dat is gemaakt door de beste geweermaker in de verre omtrek,' zei hij. 'Weet jij wie die beste geweermaker is?'

Lorenz knikte bijna onzichtbaar.

'Ik weet ook wie de beste geweermaker is,' zei de burgemeester. 'Het is een Fink-geweer. En die Fink, dat ben ik. En nou vertel je me waar je moeder is, klaploper! Of moet ik je dat geweer afpakken en je met die kolf een pak rammel geven?!'

'Ze is even ergens kijken,' zei Lorenz, maar nu sidderde hij van angst.

'Je bent niet goed wijs,' schreeuwde de burgemeester, die dat sidderen wel kon waarderen. 'Ligt ze in bed? Moet ik gaan kijken? Even ergens kijken, zegt hij. Jaja. En wat doe je als ík even ergens ga kijken? Als ik even in de slaapkamer ga kijken bijvoorbeeld? Schiet je me dan neer? Dan moet je wel goed richten, jongen. Als je me niet precies in mijn hart raakt, zit alles hier onder, en blijf ik gewoon leven.'

Het geweer viel op de grond. Lorenz snikte en liep naar buiten, de sneeuw in. Hij had alleen sloffen aan zijn voeten. Hij liep naar de put. Toen keerde hij om en verstopte zich in de stal, waar hij ging zitten koukleumen en zachtjes om de hond ging zitten roepen, maar die was verdwenen, en hij wachtte tot Katharina en Heinrich uit school kwamen, en toen was de hond er ook weer, en de burgemeester was al weg.

's Avonds vertelde Lorenz zijn moeder en zijn broers en zus wat er was gebeurd. Hij maakte het niet erger dan het was, maar ook niet mooier. Hij zei dat hij laf was geweest en dat hij was weggerend en dat het hem speet en dat het niet meer zou gebeuren. Maria reageerde niet, maar de volgende ochtend beval ze de kinderen thuis te blijven, bij haar.

'Jullie hoeven niet meer naar school,' zei ze. 'Helemaal niet meer. Zolang de oorlog duurt. Wat jullie op school leren, kan ik jullie ook bijbrengen. Als we met z'n allen aan tafel zitten, is dat gezellig. Gezelliger dan op school, en als het gezellig is, leer je sneller, dat is bekend. Lorenz leert jullie rekenen, die kan dat net zo goed als de meester.' En Katharina moest niet meer zeggen dat het verboden was. In de oorlog was alles toegestaan. Ook spijbelen.

Katharina deed er het zwijgen toe.

Toen mijn tante eindelijk over de bagage vertelde, zag ze de dood al voor zich, hoe hij haar wenkte. Dat is hoe ze het zelf noemde.

'Daar staat hij,' zei ze. Het was alsof de woorden direct uit haar gezicht kwamen, haar lippen bewogen amper, haar gezicht als van leer, ik zat tegenover haar in de kleine keuken in haar kazernewoning voor Zuid-Tirolers en het leek wel of er iemand achter haar stond die praatte en zij hem alleen haar gezicht leende. 'Daar staat de dood,' zei ze, 'hij staat een paar meter voor me, zijn ene voet voor de andere, een beetje voorovergebogen, dat geraamte, hij draait zich naar me om. Hij wenkt me, ik moet voortmaken.'

Ze was toen al ver in de negentig. Een vrouw met een scherpe neus en slanke, nog altijd welgevormde ledematen; aan haar bovenarmen zag je haar spierbundels. Een vrouw die nog altijd werkte als een kerel en die niet aan de vrouw in zichzelf dacht. Ook zo'n uitdrukking van mijn moeder: 'Katharina, denk ook eens aan de vrouw in jezelf!' Waarop ik aan de vrouw in mezelf probeerde te denken. Dat wilde niet erg lukken, maar ik was ook nog maar twaalf toen ik die uitdrukking hoorde.

Na de dood van mijn grootmoeder en mijn grootvader zou Katharina voor haar broers en zussen zorgen: Lorenz, Heinrich en Walter, ook voor Grete, Irma en Sepp, die later geboren werden, en zou ze elke dag klaarmaken wat ze hadden en erop letten dat iedereen genoeg te eten kreeg. Zelf was Katharina toen nog maar achttien.

Toen Lorenz en Heinrich opgepakt werden voor stroperij, zou ze hun een alibi proberen te geven.

'Ik zweer bij de heilige God in de hemel en de heilige Katharina en bij mijn eigen zaligheid en de zaligheid van mijn broers en zussen dat Lorenz en Heinrich de hele dag bij mij thuis hebben gezeten!'

Maar het zou niets uithalen. Ze zouden haar niet geloven. Ze zouden denken dat ze noch in de heilige God in de hemel, noch in haar beschermheilige, noch in wat voor zaligheid dan ook geloofde, niet eens in die van zichzelf. Ze zouden in het cachot belanden, Lorenz op zijn zeventiende, Heinrich op zijn negentiende. Het cachot: de kelder onder het huis van de burgemeester.

Ze zouden het gevaar lopen dat Lorenz bij hen werd weggehaald. Tegenover de veldwachter zou de burgemeester hem aanwijzen als de aanstichter. 'Die daar,' zou hij zeggen, 'dat is een geboren misdadiger.' Katharina zou Heinrich smeken om de schuld op zich te nemen, helemaal, in zijn eentje. Lorenz was zo verknocht aan zijn vrijheid, die zou de cel niet overleven. Heinrich zou haar gehoorzamen en alles bekennen, en zweren dat alleen hij op jacht was gegaan.

Later zou Kathe mijn moeder, Grete, aanmoedigen niets van mannen te pikken, ze kon maar het best met een boog om ze heen lopen.

Zo'n vrouw zou Katharina worden. Zo'n vrouw was mijn tante Kathe.

Die ochtend, het was begin december – 4 of 5 december 1914, vertelde tante Kathe, één of twee dagen voor Sinterklaas – waren de kinderen weer thuisgebleven.

En het was goed dat ze bij hun moeder waren gebleven. Katharina, Lorenz en Walter zagen de burgemeester door de sneeuw naar boven komen. Heinrich was in de stal de koeien en de geit aan het voeren. Ook hij zag de burgemeester. Hij gooide de hooivork op de grond, liet de hond in de stal, sloot de deur en liep naar het huis. In de keuken ging hij bij zijn broers, zijn zus en zijn moeder staan.

Het was stil. Met hun adem lieten ze de ijsbloemen van de ruiten verdwijnen, ze zagen de burgemeester niet ver van hun huis stilstaan. Alsof hij stond te dubben. Zijn hoofd opgeheven en iets scheef, zijn kin vooruit. Alsof hij stond te luisteren. Alsof hij het weer stond in te schatten. Hij had een rugzak op zijn rug. Een rotsblok, rechtop in de sneeuw. En toen was hij er opeens niet meer. Ze hadden hem niet zien weggaan. Hij was vast niet in het bos verdwenen, de berg op. Hij leek wel weggetoverd, uit het wit weggegumd. En opeens, alsof hij uit de hemel was komen vallen, stond hij bij hen in de keuken. Op zijn wollen sokken. Hij rook naar gekookte aardappels. Zijn sokken waarschijnlijk.

Er gebeurde iets anders dan Maria had verwacht. Ze had verwacht dat hij meteen rechtsomkeert zou maken als hij hen met z'n allen bij elkaar zou zien. Dat hij voor de kinderen nog enig ontzag zou hebben.

Maar hij begon de kinderen af te blaffen. 'Weten jullie wel dat ze jullie hier komen weghalen? Dat kinderen leerplicht hebben in dit land? Ik ben hier de vertegenwoordiger van de keizer! Ik ben hier om te controleren...' En dat ze onmiddellijk, onmiddellijk moesten maken dat ze wegkwamen. Op zijn sokken ijsbeerde hij door de keuken, woest gebarend. Dat hij héél misschien geen aangifte zou doen, maar dan alleen als ze onmiddellijk zouden verdwijnen. Als een gezin de leerplicht schond, werden er sancties getroffen, dan werden de kinderen weggehaald. Dat was de wet. Dat was hoe het ging. Daar kon een burgemeester ook niets tegen uitrichten. Niemand moest zichzelf wijsmaken dat de macht van de wet in de oorlog niet langer gold. Juist in de oorlog gold de macht van de wet.

Hij schreeuwde zo hard dat je zijn stem uit de bergen hoorde weergalmen.

'Wegwezen! In Godsjezusvredesnaam!'

Hij gaf de kinderen een trap na, hij duwde ze, Katharina viel op haar zij. Hij trok Walter aan zijn haren en schudde hem door elkaar, Heinrich sloeg hij twee keer met zijn knokkels op zijn hoofd, rechts van zijn oor, links van zijn oor, en gaf hem tot slot een klap in zijn nek. Alleen Lorenz durfde hij niet aan te raken.

De kinderen liepen naar buiten, gauw schoten ze onder het lopen hun winterkleren aan, alleen Katharina had haar schoolspullen meegenomen, Lorenz en Heinrich liepen met losse veters, Walter hobbelde achter hen aan.

Maria kroop achter de tafel, dook weg tussen de hoekbank en de tafel, hield een kussen voor zich uit, ze had liever iets anders gepakt, de kandelaar of zo, die van beukenhout was, maar dat durfde ze niet, bang dat hij nog bozer zou worden, haar het ding uit handen zou trekken en haar ermee dood zou slaan.

'Zo dan,' zei de burgemeester en hij gooide de eerste stoel om. 'Zo dan, madam Moosbrugger!'

Mijn tante Kathe vertelde me wat er toen gebeurde. 'We zetten het op een lopen, Heinrich en ik met Walter aan de hand, maar toen bleef Lorenz plotseling staan, tussen sneeuwmuren die nog hoger waren dan hijzelf. "Kom," riep ik. "Kom, Lorenz, anders doet hij aangifte tegen ons en dan halen ze ons bij mama weg." Want dat geloofde ik. Dat werd wel vaker gezegd. Over ons. In het dorp dachten ze, niet iedereen, maar sommige mensen wel, in het dorp dachten ze: die kinderen van de bagage, dat zijn halve wilden, ze dachten het waarschijnlijk allemaal, maar sommige mensen zeiden het ook hardop, we waren immers ook bijna de laatsten die nog elektriciteit en stromend water moesten krijgen, we hadden alleen een put, twintig meter van ons huis, die niet eens van ons was. Dat werd ook wel gezegd hoor, een hele trits kinderen en een vader met louche handeltjes – konden ze die kinderen daar niet beter weghalen, dan kon er misschien nog wat van ze worden. Ik was bang, dat moet ik toegeven. Lorenz niet. Als we wilden, moesten we maar wegrennen, riep hij ons na, Heinrich en Walter en mij, hij rende niet meer weg. Híj niet. En toen draaide hij zich om en ging terug, met uitgestrekte armen, roeiend door de lucht, en met gebogen rug. Wij bleven nog een tijdje staan. Ik was echt bang toen, dat geef ik toe, ik weet niet of ik later in mijn leven ooit nog zo bang ben geweest, ik geloof eigenlijk van niet. Want Lorenz kon echt stennis schoppen als hij boos was, dat wisten we allemaal. Ik was voor Lorenz bijna nog banger dan voor de burgemeester. We bleven staan, Heinrich, Walter en ik, tot we

Lorenz bij de put zagen, allemaal zonder muts op ons hoofd, terwijl het minstens tien graden vroor, handschoenen hadden we sowieso niet, die hadden we thuis in de keuken laten liggen, omdat we er zo snel vandoor waren gegaan. En toen zagen we Lorenz niet meer, omdat er zo veel sneeuw lag. "Kom," zei ik, "we gaan achter hem aan." Maar we liepen niet hard. Heinrich remde ons af. Volgens hem wilde Lorenz ons er niet bij hebben. "Waar wil hij ons niet bij hebben?" vroeg ik. Heinrich bleef staan en ik liep verder met Walter aan mijn hand. Heinrich riep ons na dat ik in ieder geval Walter bij hem moest laten. Dat Walter te jong was. "Te jong voor wat?" We liepen verder. En toen kwam Heinrich toch nog achter ons aan. Toen we in de keuken kwamen, zagen we Lorenz. Met het geweer.'

Lorenz was naar het huis geslopen, dwars door het dikke pak sneeuw om het huis heen, en was van achteren op het dak geklommen, wat niet moeilijk was aangezien het huis tegen de helling stond en het dak aan de achterkant bijna de grond raakte. Hij wist hoe je het dakraam van buitenaf kon openmaken, eerst had hij de sneeuw weggeveegd en vervolgens was hij naar binnen geklommen. Daar pakte hij het geweer en opeens stond hij in de keuken.

'Rot op!' zei hij. 'Ik hoef niet goed te richten, ik heb hagel.'

Dit keer durfde de burgemeester hem niet af te blaffen. Dit keer niet. Waarschijnlijk vanwege die hagel. Maria kroop uit de hoek en ging achter haar zoon staan. Ze legde een hand op Lorenz' schouder.

Lorenz tilde het geweer op tot bij zijn wang. 'Het is

oo-hagel,' zei hij. Mijn tante Kathe vertelde dat dat het gruwelijkste was wat je je kon voorstellen, dat iemand met hagel werd neergeschoten. Ze had verstand van geweren, niet zoveel als Heinrich en zeker niet zoveel als Lorenz, maar hagel en gladde kogels kon ze uit elkaar houden, ze had bij reeën het verschil meer dan eens gezien.

'Ik tel tot drie,' zei Maria. 'Bij drie zeg ik tegen mijn zoon dat hij moet schieten.'

'Vanaf nu is het een ernstige misdaad,' zei de burgemeester.

Op dat moment kwamen Katharina, Heinrich en Walter de keuken binnen. Tante Kathe vertelde dat ze de laatste woorden nog had gehoord. Ze was in huilen uitgebarsten, omdat ze dacht dat nu alles voorbij was.

De burgemeester had dat letterlijk gezegd. 'Nu is alles voorbij.'

'Jullie komen naar mij toe,' beval Maria. 'Ga hier naast me staan. Alles komt goed. Er is helemaal niets voorbij.'

'En de goede gaven die ik had meegebracht?' vroeg de burgemeester. 'Wat doen we daarmee? Zal ik ze weer meenemen?'

'Eén,' zei Maria.

'Neem ze maar weer mee,' snikte Katharina. 'We willen ze niet. Neem ze alsjeblieft weer mee. We willen van niemand iets. Alleen dat we met rust worden gelaten, meer niet. We hebben toch niemand iets misdaan?'

De rugzak van de burgemeester lag op tafel, de riemen waren los, er staken een stuk worst en twee broden uit en een linnen zak griesmeel. Alsof Sinterklaas was geweest.

'En waar willen jullie van leven?' vroeg de burgemeester. 'Sneeuw vult geen lege magen.'

'Twee,' zei Maria.

Walter riep snel: 'Maar die worst wil ik houden. In elk geval die worst. Ik heb honger.'

'Haal hem eruit!' zei Lorenz.

'Dat durf ik niet,' zei Walter.

'Haal jij hem eruit!' zei Maria tegen Heinrich.

Heinrich trok de worst uit de rugzak, keek de burgemeester aan en haalde zijn schouders op. De burgemeester maakte een royaal gebaar.

'En de rest ook!' beval Maria. 'Haal alles eruit!'

Bij alles wat hij uit de tas haalde keek Heinrich de burgemeester aan, elke keer knikte de burgemeester weer.

'Pak alles maar,' zei hij. 'Het was voor jullie. Het brood, de worst, het griesmeel, en onderin zitten ook nog kaas en spek, allemaal voor jullie. Melk hebben jullie zelf wel. Jullie hoeven me niet te bedanken, het komt uit een goed hart. En wat je cadeau krijgt, hoef je niet te stelen.'

En toen ging hij weg. Tergend langzaam. Hij nam alle tijd om zijn schoenen aan te trekken, hij ging er breeduit bij op de vloer zitten. En hij zette een lied in: 'Maria door een doornwoud trad'.

'Schiet op!' zei Maria.

'Ga je nou drie zeggen, omdat ik moeite heb om mijn schoenen aan te krijgen?' vroeg hij terwijl hij haar vanaf de vloer aankeek. 'En jij, jongeman, ga jij de vertegenwoordiger van de keizer doodschieten, omdat hij moeite heeft om zijn schoenen aan te krijgen?'

Hij keek Lorenz niet aan. De burgemeester had iets van zijn kracht herwonnen. Maar nog lang niet alles, dat zou hem ettelijke dagen kosten. Hij zou zijn leven lang ontzag houden voor Lorenz. Hij wilde hem het liefst achter tralies zien.

Toen de burgemeester eindelijk buiten was en ze hem niet meer konden zien, stond Maria op haar benen te tollen, ze moest zich aan een stoel vasthouden en Katharina liep naar haar toe om haar te ondersteunen.

'Geef maar wat water, dan gaat het wel,' zei Maria.

Maar Katharina zag dat ze zich niet goed voelde en Heinrich hielp mee om zijn moeder naar haar slaapkamer te brengen. Daar lag ze toen, ze sliep tot in de avond.

Maria was vaak duizelig. Het hoefde niets te betekenen. Ze was wel eens vaker in elkaar gezakt. In de kerk ook een keer, toen had ze een hoofdwond opgelopen. De andere vrouwen waren opzijgegaan. Ze hadden ruimte voor haar gemaakt, waarna ze met haar voorhoofd tegen een kerkbank was geklapt.

Ook Walter voelde zich vaak niet goed. Hij was zo dol op zijn moeder, dat hij zich ook niet goed voelde. Maar hij trok ook nooit zijn kousen aan, hij liep op ijskoude voeten en met een snotneus door huis. Lorenz wist niet hoe hij het hem aan zijn verstand moest brengen dat hij zijn hemd moest instoppen, voor én achter, en dat hij niet op blote voeten moest rondlopen als het koud was, ook in huis niet.

'We mogen niet ziek worden!' zei hij.

Hij had Katharina er al op aangesproken, omdat het eigenlijk haar taak was om op de kleintjes te letten. Ze had alleen gezegd dat hij zich niet zo moest opwinden. Hij was hun vader niet.

Maria was zwanger. Ze had mijn moeder in haar buik.

Dat jaar liep Maria in december elke zondag met de kinderen naar het dorp om naar de kerk te gaan, aan beide kanten van de weg lag die winter bijna twee meter sneeuw en een hele tijd was het minstens tien graden onder nul, afgewisseld door föhnstormen die de lucht twee dagen lang tot wel twintig graden opwarmden. En dan brak plotsklaps de kou weer door en viel er zo veel sneeuw dat je op de bok de oren van de paarden niet eens meer kon zien. De ijspegels aan het dak van de schuur waren zo groot als de zwaarden van bergreuzen. Dag en nacht trok het paard de sneeuwploeg over de wegen en waren de oude mannen die niet inzetbaar waren aan het front sneeuw aan het scheppen, dag en nacht klonken de belletjes aan de hoofdstellen van de paarden. En op een dag – de kerk zat al vol, uit alle monden kwam damp, uit het wierookvat in Walters handen kwam damp, Walter die pasgeleden misdienaar was geworden, huilend had hij gesmeekt misdienaar te mogen worden, op zijn knieen was hij naar Maria toe gekomen, precies zoals de pastoor de kinderen had bijgebracht, iedereen zat in zijn zondagse kleren in de kerk, de vrouwen en de meisjes links, de mannen en de jongens rechts –, op die dag schoot de knot op Maria's achterhoofd los. Ze had haar omslagdoek afgedaan en geprobeerd haar haar weer op te steken, maar wat anders in een handomdraai lukte, was haar deze keer niet gelukt. Ze kon wel huilen. Alle vrouwen hadden zich naar haar omgedraaid, want ze had een jammerkreet geslaakt. Een hartverscheurende kreet. Lorenz, Heinrich en Katharina waren ineengekrompen.

De bagage knielde in de achterste bank. Aan de vrouwenkant. Met z'n allen, dicht bij elkaar. Toen Josef er nog was geweest hadden ze ook achter in het vrouwendeel geknield, gestaan en gezeten, met twee of drie lege banken tussen hen en de anderen in. De meeste mannen stonden tijdens de dienst buiten over politiek te praten, te roken en tabak te kauwen en te spugen, waardoor de sneeuw voor de kerk vol bruine vlekken zat, maar voor de consecratie gingen ze weer naar binnen, dan knielden ze naast hun zoons en sloegen ze met een verlegen gezicht een kruis, alsof ze op iets pijnlijks waren betrapt. Josef had nooit meegedaan aan de discussies buiten, hij bleef bij zijn gezin, altijd bleef hij bij zijn vrouw en kinderen in de kerk. Hij geloofde niet in de hemel en al helemaal niet in de katholieke Kerk, geestelijken waren volgens hem overbodige sujetten, nietsnutten, en in heiligen geloofde hij ook niet, daar geloofde zijn vrouw in. Maria geloofde eerder in de heiligen dan in Onze-Lieve-Heer, die te ver weg was en zelf niets had meegemaakt, over de heiligen waren er in ieder geval nog verhalen. Zo was de heilige Catharina twaalf dagen gegijzeld geweest, haar pijnigers hadden haar niets te eten gegeven, en toch had ze het overleefd, omdat er 's nachts een engel was gekomen om haar wonden te zalven en haar brood en melk te brengen. Tijdens de mis bleef Josef staan, zijn armen naar beneden, zijn handen over elkaar voor zich, en liet hij zijn gedachten de vrije loop. Ook tijdens de consecratie bleef hij staan. 'Heer, ik ben het niet waard dat U onder mijn dak komt, maar spreek slechts één woord en ik zal genezen.' Als er gepreekt werd, ging hij zitten, maar het was hem niet aan te zien of hij luisterde of niet. Hij droeg geen stropdas, dat deed hij nooit. Een wit hemd. De andere mannen hadden geruite hemden aan, zowel doordeweeks als 's zondags, en dan 's zondags met een stropdas.

Waarom heeft mijn familie zich altijd doelbewust afgezonderd? Waarom? Waarom bleven ze daar achter in het dal, in de verste, hoogste uithoek? Als ze niets met de anderen te maken wilden hebben, waarom bleven ze daar dan? Maria's zus en haar zwager hadden hun meer dan eens voorgesteld om naar Bregenz te verhuizen, daar een groot huis te bouwen en samen een bedrijf te beginnen; haar zwager kon de handel doen en Josef de financiën, de belastingzaken en de trucs die daarbij nodig waren, de boekhouding. Lorenz, die goed kon rekenen, zou daar een toekomst hebben, een toekomst binnen zijn familie, eerst naast zijn vader en later kon hij dan diens plaats overnemen. Maria's zwager was niet gemobiliseerd, omdat hij thuis onmisbaar was, hij had een belangrijke maatschappelijke functie, dat had hij zwart-op-wit gekregen. En het waren geen vervelende mensen, haar zus en zwager, helemaal niet zelfs. Dat moest Josef ook toegeven. Maria's zwager praatte veel, maar goed, in vergelijking met Josef praatte iedereen veel. Haar zwager was een succesvolle, fatsoenlijke man. Dat gaf Josef toe. Hoewel hij toch eigenlijk vond dat die twee eigenschappen niet samengingen.

Toen Maria in verwachting was van mijn moeder, waren de heiligen haar weer te binnen geschoten. Mijn tante Kathe herinnerde zich dat ze in deze periode veel had zitten bidden. Vooral tot de Moeder Gods, haar beschermheilige. Met moeders kun je praten. Over de heilige

Laurentius had ze later pas gehoord, een gruwelijk verhaal, ze hadden hem op een rooster gegrild tot hij dood was, maar hij had zijn beulen uitgelachen. Als ze het verhaal eerder had gehoord, zou ze haar zoon nooit Lorenz hebben genoemd. Van een heilige Heinrich en een heilige Walter had ze nooit gehoord. Volgens mijn tante Kathe had haar moeder zichzelf dat zo nu en dan kwalijk genomen. Maar ook echt niet aan één stuk door. Alles wat met godsdienst te maken had, kon haar in wezen gestolen worden.

'Kathe,' zei ik – volgens mij noemde ik haar vanaf haar zeventigste niet langer tante, maar sprak ik haar kortweg met haar afgekorte voornaam aan. 'Kathe.'

'Wat?'

'Ik wil je wat vragen.'

'Wat?'

'Maar neem het me niet kwalijk.'

'Draai er niet omheen! Zeg op!'

'Weet je echt zeker dat mijn moeder van jullie vader is?'

'Voor zo'n vraag moest ik je eigenlijk een draai om je oren geven.'

Dat was haar antwoord.

'Ja,' zei ik. 'Dat is wat je hoort te zeggen. Maar dan stel ik mijn vraag nu nog een keer. Weet je echt zeker dat mijn moeder jouw zus was?'

'Ja, echt!' zei tante Kathe. 'Je hoort zonder enige twijfel bij de bagage.' Ja, ja, ze wist wel wat ik me allemaal in mijn hoofd haalde, vertelde ze verder. Dat haar moeder daarom was begonnen met bidden, omdat ze een slecht geweten zou hebben.

'Is dat wat je denkt?'

'Ja, zo ongeveer wel.'

'Wat een flauwekul!'

'En ze heeft niets gehad met die Duitser met dat rode haar, die kerel uit Hannover?'

'Nee.'

'Hoe weet je dat zo zeker?'

'Gewoon. Omdat ik dat weet.'

Als schoolmeisje had Maria tegen haar zus al gedweept over een grote liefde die ze ooit zou beleven, een grootse liefde die haar volledig omver zou blazen. Zonder zo'n grote liefde was een vrouwenleven volgens haar niets waard. Maria's zus had de zaak pragmatischer bekeken. Ook als jong ding had ze al gevonden dat een man een vrouw een goed leven moest geven. Meer kon een vrouw niet van een man verwachten. En een goed leven, dat was iets beters dan ze tot dan toe had gehad. Dat was niet bepaald veeleisend, had Maria daarop gezegd. Op haar zeventiende had Josef haar een huwelijksaanzoek gedaan. Ze was tevreden geweest met deze man, hij had haar een beter leven gegeven. In financieel opzicht niet, hij was zelfs armer geweest dan Maria van huis uit was. Financieel was ze er met Josef op achteruitgegaan. Maar Josef had haar een gevoel van eigenwaarde gegeven. Al had hij er nooit over gepraat, wat hij ook niet kon, omdat hij over weinig woorden beschikte, maar uit alles wat hij was en deed, sprak dat je een mens niet moest beoordelen op wat hij in zijn portemonnee had. Zo bezien had hij Maria een beter leven gegeven. Haar zus had dat een vreemd perspectief gevonden, een perspectief dat geen lege magen vulde. Nee, dat klopte, had Maria toegegeven. Bovendien had ze van Josef gehouden en had ze ook al naar hem verlangd, maar als hij niet terugkeerde uit de strijd, dan zou ze naar Georg in Hannover gaan. Desnoods lopend. Waarom kon ze geen ander mens worden! Nergens in haar huis was een spinnenweb te bekennen, nergens lag stof, er was niets vet, niets kleverig, nergens slingerde een stinkende sok of een bezweet hemd. Ze zou het keurigste huishouden achterlaten dat je je kon voorstellen.

Met kerst 1914 kwam Josef nog eens thuis, de laatste keer tijdens de oorlog. Onverhoopt. Er waren soldaten in het dorp die nog geen verlof hadden gehad. Hun vrouwen waren de wanhoop nabij. Eén vrouw had nog geen enkel bericht van haar man gehad. Helemaal niets. Ze wist niet eens of hij nog in leven was. Sommige soldaten kregen vier jaar lang geen verlof, ze trokken ten strijde voor keizer en monarchie en toen ze terugkeerden, was de keizer dood en de monarchie afgeschaft. En Josef had al voor de tweede keer in vier maanden verlof. De dorpelingen waren ervan overtuigd dat hij het weer aan zijn handeltjes te danken had. Maar geen mens die kon vertellen wat dat dan voor handeltjes moesten zijn waarmee de armste boer uit het armste dorp in de monarchie de gigantische oorlogsmachinerie van de keizer voor zich had kunnen laten werken.

De adjunct-postbode was door de sneeuw komen aanzetten, had Maria geroepen en met een brief gezwaaid. Een officieel bericht aan de vrouw van een soldaat. Welbeschouwd was het geen brief, een brief zou hij nooit lezen, verzekerde de postbode, zijn beroepseer en zijn plichtsgevoel verboden hem dat, maar dit bericht was zonder envelop binnengekomen. Josef was ingeloot voor thuisverlof. Dat stond er. Getypt en met stempel.

'Wordt daar om geloot?' vroeg Maria.

'Dat wist ik ook niet,' zei de adjunct, hij was buiten adem en gelukkig. 'Zo leer je elke keer weer wat. Wat moet je ervan zeggen. Maar goed nieuws is fijn om te krijgen. Of niet soms?'

Maria was wantrouwig. 'Dus het is toeval?'

'Zo is het.'

'Moet verlof dan even toevallig zijn als de dood?'

'Moet ik me schamen dat ik niet aan het front ben?' vroeg de postbode.

'Natuurlijk niet,' zei Maria. En toen overwon ze alle schaamte en zei: 'Mag ik je om een gunst vragen?' Ze wendde zich af, zodat ze niet hoefde te zien hoe het bloed de postbode naar het gezicht steeg. 'Wil je even binnenkomen?'

Ze wist niet wat ze hem moest aanbieden, want ze had niets. Helemaal niets. Sinds de burgemeester geen geschenken meer bracht, waren hun voorraden geslonken. Eén keer per week stuurde ze Heinrich of Katharina het dorp in om brood te kopen. Ze had nog een klein beetje geld. En soms stopte Else, de winkelvrouw, een extra brood in Katharina's rugtas. Aan het plafond boven de keukentafel hing nog het zwoerd van het laatste stuk spek dat de burgemeester had achtergelaten. Daar wreven de kinderen hun hompen brood overheen, zodat die nog wat smaak kregen. De postbode deed zijn stropdas losser en maakte zijn kraag open. Het was warm in de keuken. Er was genoeg hout voor de kachel. Liever honger dan kou, was het motto van de bagage en dat is ook nog altijd mijn motto.

'Beloof je dat je het aan niemand doorvertelt?'

'Dat beloof ik,' antwoordde de adjunct.

'Ik durf zo met je te praten,' zei ze, terwijl ze zijn hand nam en die vasthield, 'omdat je de fatsoenlijkste man van het dorp bent.'

'Dank je wel,' zei de postbode. 'Maar daar zijn er vast meer van.'

'Nee, jij bent de enige.'

'Nogmaals bedankt dan.'

'Je denkt vast dat ik dit zeg omdat ik iets van je wil.'

'Nee, dat denk ik niet,' zei de postbode.

Toch was dat het geval. 'Ik smeek je,' zei Maria.

'Dat begrijp ik niet,' zei de postbode.

'Ik smeek je om hulp.'

Hij begreep het nog steeds niet.

'Ik heb niets meer.'

Nog meer onbegrip.

'Niets meer te eten.'

Nog steeds begreep hij het niet.

'De kinderen en ik, we hebben niets te eten,' zei ze en ze moest haar ongeduld beheersen. 'De koeien hebben hooi en de geit ook. Wij hebben niets. De hond haalt zelf wat hij nodig heeft, ik weet niet waarvandaan, en de kat ook. Maar wij hebben alleen melk om te drinken. En als Josef met kerst thuiskomt, hebben we ook niets...'

'Het is mij een eer,' viel de adjunct haar gauw in de rede. Dat was nobel van hem. Hij wilde het haar besparen dat ze de situatie nog preciezer moest omschrijven.

Deze keer kwam Josef maar twee dagen. Op de kop af maar anderhalve dag, zelfs. Hij was doodop, anders, vreemd, klein, moe, schuw, smalletjes, zwijgzaam; hij sliep niet met zijn vrouw, had niet in de gaten dat ze zwanger was. Ze vertelde het hem ook niet. Ze was in de tweede maand. Hij wilde niemand anders zien dan zijn vrouw en kinderen, zei hij. Al het licht deed hem pijn aan zijn ogen, er moest iets voor de kaars worden gezet. Tegen zijn gewoonte waste hij zich ook niet uitgebreid. Het leek hem allemaal zinloos. De reis naar huis was lang geweest, zei hij, maar goed. Met de trein. Veel meer zei hij niet. De kinderen bleven op afstand. Toen hij weer verdween, was het alsof hij er niet was geweest. Het was dat de afdrukken van zijn dikke legerlaarzen in de sneeuw stonden. Het kostte Maria moeite zich voor de geest te halen hoe haar man voor de oorlog was geweest. Dat leek haar een heel slecht teken.

Maar ze hadden wel een feestmaal op kerstavond. Gebraden varken met aardappels en zuurkool. En een fles wijn. En gedroogde peertjes. Allemaal van de adjunct. Maria had hem er in tranen voor bedankt. Ze waren haar in de ogen geschoten als bij een actrice in het theater. Huilen op commando, daar had ze eens over gelezen. Ook met die uitdrukking, die had ze onthouden. Dat actrices onder andere moesten kunnen huilen. Op commando. Zij en haar zus hadden het geoefend toen ze nog jonge meiden waren. Haar zus had het nooit gekund, maar zij wel. Haar zus had de slappe lach gekregen. Daar moest Maria aan denken toen de adjunct met zijn slee was komen aanzetten, met een touw over zijn schouder had hij hem achter zich aan getrokken. Op de slee had hij de zakken met het lekkers vastgebonden, met een dekzeil eroverheen, zodat niemand zag wat het was. Ze had zijn hand gepakt, die lang vastgehouden en hem indringend aangekeken en haar tranen opgedragen te gaan stromen, en dat hadden ze gedaan. En toen waren de tranen ook bij hem gaan stromen. De goede man. Mooier had ze hem niet kunnen bedanken. Maria's tranen waren het mooiste kerstgeschenk ooit geweest.

Ook deze keer had Josef geld meegebracht, hij had het aan Maria gegeven en gezegd dat ze het goed moest bewaren. Ze had voor iedereen een klein linnen zakje genaaid en het geld over die zakjes verdeeld, vader kreeg het meest en de grote kinderen meer dan de kleintjes. Zelf had ze niets willen hebben. Ze had de zakjes onder de kerstboom gelegd. Die had Heinrich uit het bos gehaald. Hij stond met gebogen top tegen het plafond. Aan de takken hingen papieren figuurtjes die Maria en de kinderen 's avonds met kleurpotlood hadden gekleurd. De kleurpotloden had Katharina van een meisje in haar klas geleend. Zelf had ze alleen een blauw potlood. Er brandden zes kaarsjes, voor ieder gezinslid een.

'Mooi,' zei Josef. 'Heel mooi. Wij hebben er ook een. Bijna net zo mooi.'

Ze had niet doorgevraagd.

Toen Josef weer vertrokken was, borg Maria de zakjes met het geld op onder een vloerplank, waar ze de kerstboom bovenop zette.

En dan nog iets belangrijks. Ze had voor kerstavond een suikerkoek gebakken, de adjunct had ook meel en suiker meegebracht. En een stuk gist, met een kerstgroet van zijn moeder. En een handvol rozijnen. En een stuk boter.

Ze hadden samen naar de kerstnachtdienst willen gaan, Josef, Maria, Heinrich, Katharina, Lorenz en Walter, maar ze hadden rechtsomkeert gemaakt, er was te veel sneeuw gevallen en op kerstavond was er niet geruimd, niet helemaal tot buiten het dorp tenminste, helemaal aan het einde van het dal. Het zingen bij de kerstboom ging moeizaam, want alleen Walter kende 'Stille nacht, heilige nacht' uit zijn hoofd en Katharina niet en Heinrich niet en Lorenz al helemaal niet. Josef stond erbij, zijn armen naar beneden, zijn handen over elkaar voor zich. Net als in de kerk. Het was hem niet aan te zien waar hij aan dacht. Walter zat met het gipsen Jezusbeeldje te spelen, het viel op de grond in stukken. Ook dat leek Maria een slecht teken.

Ten afscheid omarmden de echtgenoten elkaar. Maar Maria kon het niet opbrengen om haar man te zeggen dat ze zwanger was. Ze schreef het hem toen hij bij zijn eenheid was. Hij verwachtte niet dat hij nog vaker verlof zou krijgen, schreef hij terug. Hij verheugde zich op het kind. Zijn makkers hadden er een borrel op gedronken en 'Lang zal hij leven' voor hem gezongen. Als het een jongen werd, wilde hij dat hij Josef zou heten, net als zijn vader.

Tot het einde van de oorlog zou Josef niet meer thuiskomen. Soms bracht de adjunct een brief van hem. Maria gaf hem dan een brief mee terug. Josefs brieven waren zelden langer dan vier regels. Dat het goed met hem ging. Dat ze zich geen zorgen moest maken. Hoe het met de kinderen ging. Dat hij uitkeek naar het einde van de oorlog, als het gezin weer compleet was. Dat de zaken er voor de keizer goed voor stonden. Dat stond in iedere brief. Wat betekende dat de soldaten verplicht waren het te schrijven. Als ze het niet deden, werden ze berispt. Haar antwoorden waren even kortaf.

Algauw werd Maria's buik zichtbaar. Algauw had iedereen in het dorp haar buik minstens één keer gezien. Hoe kwam ze eraan? Mensen sloegen aan het rekenen. Ze berekenden tot op het uur nauwkeurig hoeveel verlof haar man had gehad. Ze verdisconteerden de toestand waarin een soldaat uit de strijd terugkeerde. Ze deden een kruiscontrole op de gunstige en ongunstige dagen voor een bevruchting. En zus nog en zo nog. De uitkomst was in Maria's nadeel.

De pastoor kwam twee keer langs. De eerste keer alleen, de tweede keer niet alleen.

Bij de eerste keer zei hij: 'Waarom zie ik je nooit bij de biecht, Maria?'

Ze haalde haar schouders op. Ze had hem niet gevraagd om aan haar keukentafel te gaan zitten, maar de pastoor ging ervan uit dat er voor een geestelijke overal, altijd een stoel vrij was.

'Wil je nu biechten?' vroeg hij.

'Hier in de keuken?' reageerde ze.

'De genade van de Heer is alom.'

'Nee, ik wil niet biechten.'

'Heb je helemaal niets op te biechten, Maria?'

'Weet u dan wat ik zou kunnen biechten?' vroeg ze.

Ho, wacht. Hier moet ik het verhaal onderbreken. Over dit gesprek tussen mijn grootmoeder en de pastoor is in de familie veel gespeculeerd. Iedereen had een verhaal paraat, maar niemand wist precies wat er was gebeurd. Mijn oom Lorenz beweerde bijvoorbeeld dat zijn moeder een grote mond tegen de pastoor had opgezet. Volgens mij is dat zijn versie van het verhaal, omdat hij zelf een grote mond tegen de pastoor zou hebben opgezet. Hij zag het net zo als zijn vader, volgens hem was zo'n kerel een overbodig sujet, een nietsnut. Mijn oom Heinrich vertelde dat Maria alleen maar had gehuild, aan één stuk door gehuild. Hij herinnerde zich dat mama – ook als volwassene noemde hij zijn moeder nog altijd mama, als enige, de anderen noemden haar moeder –, dat mama in die periode van 's ochtends vroeg tot 's avonds laat had gehuild. Dus had ze ook gehuild toen de pastoor er was geweest. Hij, Heinrich, vermoedde dat de pastoor haar huilen als een schuldbekentenis had opgevat. Tante Kathe herinnerde zich dat de pastoor, die ze zich als een uitgesproken nare kerel herinnerde, vreselijk had staan schreeuwen en haar moeder hel en verdoemenis had toegewenst, en haar had willen dwingen toe te geven dat het kind in haar buik van een ander was en niet van vader, en dat haar moeder de geestelijke toen de deur had gewezen. Vandaar dat de man wraak had willen nemen.

Maar tante Kathe vertelde ook nog iets anders. Volgens haar was de kleine Walter, die toen amper zes jaar was geweest, de pastoor achternagelopen en had hem bij de put staande gehouden, hij had hem staande gehouden, hem aan zijn zwarte toga getrokken en tegen hem geschreeuwd, zo luid dat ze het boven in het huis nog hadden verstaan.

'Jij bent een slecht mens!' had Walter tegen de pastoor geschreeuwd. 'Jij gaat naar de hel!'

De dag daarop was de pastoor teruggekomen, dit keer was hij niet alleen geweest, maar had hij een jongen meegebracht die hij opdracht had gegeven de ladder uit de schuur te halen, erop te klimmen en de crucifix naast de voordeur er met een breekijzer af te slopen. Binnen waren Maria en de kinderen op het grote bed weggekropen, dicht tegen elkaar aan, zelfs Lorenz was tegen zijn moeder aangekropen, ook die was nu bang geweest. Al geloofden ze dan niet helemaal in de hemel en wat er daarboven allemaal was, ze zagen het gevaar van boven nu ook wel, en niet langer alleen de wereldse gevaren.

'Je had niet achter hem aan moeten lopen om hem te vertellen dat hij naar de hel zou gaan,' fluisterde Heinrich.

Walter fluisterde terug: 'Maar ik weet zeker dat hij naar de hel gaat.'

Maria fluisterde: 'Wij weten allemaal niks van de hel.'

'Ik wel,' hield Walter vol.

Het verhaal bleef de ronde doen en inmiddels wist iedereen van het kind in Maria's buik en iedereen wist van de berekeningen, die allemaal in haar nadeel waren uitgevallen. Allemaal kwade geruchten over wat er met de bagage aan de hand zou zijn. De handeltjes van de vader, waar niemand het fijne van wist. Die moeder die veel te mooi was. De voorkeursbehandeling die de vader als soldaat kreeg, wat al bleek uit het feit dat hij nog leefde, maar ook uit het feit dat hij al twee keer frontverlof had gehad. De meer dan opmerkelijke rekenkunsten van Lorenz, waarmee hij zelfs zijn meester in de schaduw stelde: naar verluidt kon hij in een oogwenk driecijferige getallen met elkaar vermenigvuldigen. Niemand geloofde in tovenarij, maar je moest toch overal rekening mee houden.

Ze hoorden de burgemeester uit over de bagage. Maar die zei niets. Hij had voor de oorlog natuurlijk op zeer goede voet gestaan met Josef. Want neem nou die handeltjes. En dat hij een deel van zijn levensmiddelen opzijlegde, wist ook iedereen. En of hij dat uit louter naastenliefde deed, dat betwijfelden ze. Misschien had Josef hem wel in zijn greep. Want neem nou die handeltjes. Hij moest toch eindelijk eens uitleggen hoe het daarmee zat.

'Daar zeg ik niks over,' zei de burgemeester.

'Waarom niet?'

'Daarom niet, halvegare!'

'Omdat je meer weet?'

'Omdat ik er niks over zeg, halvegare! Wat is dit hier voor intrigantenkliek! Eén kluwen giftige slangen is het hier! Dit hele dorp is één grote mesthoop! Jullie zijn met z'n allen nog minder waard dan wat er in Josefs spuugpot zit!'

Helaas vertelde tante Kathe me pas dat Walter de pastoor achterna was gelopen en hem staande had gehouden toen haar broer allang dood was. Ik zeg 'helaas', omdat ik mijn oom er graag mee gefeliciteerd zou hebben. Ik denk graag aan hem. Hij was de grappigste van het stel. Ik heb horen zeggen dat de vrouwen dol op hem waren en naar hem verlangden, en hem alles vergaven, en dat hij elke vrouw kon krijgen die hij wilde. In mijn ogen was hij geen knappe man, maar misschien is het schoonheidsideaal in de loop der jaren veranderd. Hij was groot, had brede schouders en een atletisch figuur, hoewel hij niet aan sport deed – zijn dunne, sproetige huid, zijn rode haar, haar op zijn armen, op zijn borst, en wittige dons op zijn handen. Hij werkte minder hard dan zijn broers en ging vaak op kroegentocht. Hij nam een mollige vrouw met een knap gezichtje, die algauw dik werd. Toen vond hij haar niet meer leuk. Ze hadden vijf kinderen en woonden in een ongepleisterd huis. Hij liet zijn hoofd op hol brengen door een vrouw die tippelde. Dat vond hij geweldig. Nu hoefde hij nooit verantwoording af te leggen. De vrouw met wie hij getrouwd was nam een minnaar, die vaak en ongegeneerd bij haar langskwam, een vertegenwoordiger die het bij zo'n dikke vrouw reuzegezellig vond. Ze heeft me nog eens de foxtrot geleerd. Toen oom Walter genoeg kreeg van de prostituee, gaf hij haar door aan zijn jongste broer Sepp. Die trouwde met haar.

De broers spraken nooit met elkaar over hun verleden. Het waren mannen die als paddenstoelen uit de grond waren geschoten en die afstierven zodra ze geen verwachtingen meer hadden.

Katharina leerde op school twee keer zo veel, twee keer zo snel en twee keer zo zelfverzekerd als de andere kinderen. Haar meester was van haar onder de indruk. Tegen haar klasgenootjes zei hij dat zij er ook niets aan kon doen dat haar moeder een hoer was.

'Dat heeft hij letterlijk zo gezegd,' vertelde tante Kathe. Ze spuugde de woorden uit en ze siste, het klonk niet als het vloeken van een bijna honderdjarige vrouw, maar als de woede van een kind. 'De vuile hond! Dat zegt voor een volle klas dat mijn moeder een hoer is! Ik hoop dat hij brandt in de hel!'

Ze had naar de grond staan staren toen de onderwijzer zo over haar moeder had gesproken, ze had niet durven opkijken. Haar klasgenoten hadden haar als een melaatse behandeld, op de kapstok hadden ze tussen hun jas en de hare altijd minstens één haakje leeg gelaten. Ze had één vriendin gehad, die haar stiekem vlechtbrood had toegestopt en haar briefjes had geschreven waarop stond dat ze haar steunde, maar daar niet voor uit mocht komen.

Voor Heinrich was het zijn laatste schooljaar geweest. Hij had zich in de klas altijd heel rustig gedragen. Dat ze ook hem nu vijandig behandelden, kwetste hem diep.

Maria droeg Walter op haar arm, hoewel hij daar al veel te zwaar voor was en ook al bijna naar school zou gaan, als ze met hem door de keuken hupte, rinkelde het servies in de kast, ze hoopte op een miskraam, maar daar was het te laat voor. Ze meende te weten dat ze een meisje zou krijgen, omdat ze niet misselijk was. Ze was alleen bij de jongens misselijk geweest. Bij Katharina was ze duizelig geweest, maar niet misselijk. Alsof bij een miskraam meteen ook de geruchten zouden sterven.

In juli stuurde ze Lorenz naar haar zus met het dringende verzoek om haar meteen op te komen halen, het was een kwestie van leven en dood. Om vier uur 's ochtends ging Lorenz op pad, rond het middaguur was hij bij zijn tante. Zijn oom spande het paard voor de wagen en die avond was Maria bij haar zus. Ze was in goede handen. In doeken gewikkeld. Van warme thee voorzien. Met een stuk chocola op een schoteltje. Lorenz, Katharina, Heinrich en Walter bleven alleen thuis. Maria bracht een meisje ter wereld. Het werd in L. gedoopt, een nooddoop door Maria's zus, omdat de pastoor weigerde. Het kind werd Margarethe gedoopt. Na een week was Maria weer thuis.

In het derde oorlogsjaar had iedereen het moeilijk. De adjunct en zijn moeder hadden weinig meer om weg te geven. Eigenlijk niets meer. In de zomer appels. En een keer kersen, maar kersen had Maria zelf ook. De adjunct schaamde zich er zo voor, dat hij zich niet meer bij Maria durfde te vertonen. Ze zocht hem op. Hij gaf niet thuis. Van nu af aan ging ze niet meer naar het dorp. Op een dag werd er op de deur geklopt en stonden er een man en een vrouw, de man had zijn hoed diep over het voorhoofd getrokken en de vrouw haar hoofddoek. Aanvankelijk herkende ze de twee niet toen ze het gordijn in de keuken openschoof, ze was bang weer uitgescholden te worden, beschuldigd te worden, vervloekt te worden, ze deed niet open, maar ging op de keukenvloer zitten zodat ze niet gezien zou worden als de man zijn vrouw een kontje zou geven, ze trok Grete naar zich toe en maakte haar duidelijk dat ze stil moest zijn, wat echter niet nodig was geweest. Later bleek dat het goedbedoelende mensen waren die alleen hadden willen zeggen dat ze Maria een fatsoenlijke vrouw vonden en dat ze zich niet door de pastoor lieten ophitsen.

Op een dag vroeg de pastoor vanaf de kansel waar de bagage was. Had die niet altijd in de achterste bank gezeten? Maar niet alle dorpelingen bleken het morele vertoon van de pastoor te kunnen waarderen. Een man, wie het geweest was wist achteraf niemand, riep dwars door de preek: 'Nu is het genoeg! Hou op!' En iemand anders zou zelfs hebben gemurmeld, maar niet geroepen, dat de pastoor zijn bek moest houden. Josef en Maria kwamen tenminste nog uit het dorp, de pastoor kwam ergens van buiten.

Ze hadden honger. En nu waren ze met zijn zessen, vader niet meegerekend.

De kleine Grete was een gemakkelijk kind. Ze huilde zelden, ze maakte geen trammelant. Het liefst was ze bij haar moeder. Maria zette haar op haar heup, waar ze zich vastgreep, of nam haar op schoot, deed haar zelf gebreide vest open en legde het over de rug en het hoofd van haar kind.

'Dat is je huisje,' zei ze.

Voor Katharina was Grete een pop. Ze liet alles met zich doen. Met een lieve glimlach keek ze haar broers en zussen in de ogen. Walter vouwde een hoedje van krantenpapier en zette het haar op en deed haar haar goed. Heinrich sneed uit een lange dakspaan een stok met een kapiteinskop eraan, in zulke dingen was hij handig, die duwde hij Grete in handen. Ze zat midden op de keukentafel, ernstig, stil, lief. Katharina vroeg haar moeder of ze de rode stof, die mooie, als ze er niet in zou knippen, als koningsmantel voor Grete mocht gebruiken. Links en rechts van het kind legde ze kussens op de keukentafel, een derde kussen duwde ze haar zusje in de rug. Dat was de troon. De stof drapeerde ze eroverheen. Maria had de stof bewaard om er nog eens een jurk van te maken. Maar je maakt geen mooie jurk voor jezelf als er weinig meer op tafel komt dan aardappels en pap. Bovendien had ze de stof van de burgemeester gekregen, daar dacht ze liever niet aan.

'Jij bent onze koningin,' zei Katharina. Grete was toen nog geen drie jaar oud. 'Zeg dan: Ik ben een koningin!'

Grete zei: 'Koningin.'

'Zeg dan: Koningin Grete.'

'Koningin Grete.'

'Ze heeft het alweer gezegd!' riep Katharina haar moeder toe, en ze juichte.

Koningin Grete was mijn moeder. Ze wilde absoluut geen koningin zijn, ze wilde niet opvallen, ze wilde onzichtbaar zijn. Als ik aan haar denk, zie ik haar met een boek in bed liggen. Of in de woonkamer op de bank, haar donzen dekbed als een wolk rond haar lichaam. Ze was ziek, bijna altijd was ze ziek. Keer op keer moest ze naar het ziekenhuis omdat er weer iets uit haar moest worden weggehaald, en steeds werd ze magerder. We gingen niet bij haar op bezoek in het ziekenhuis, dat was te ver weg. Ze kookte nooit iets, alleen soms chocoladepudding met een klontje boter. We woonden in een herstellingsoord voor oorlogsslachtoffers, onze vader was invalide, een van zijn benen was er in Rusland afgevroren. Hij had op een vrachtwagen gezeten. Hij was de beheerder van het herstellingsoord, hij kreeg salaris en we woonden er gratis. Een kokkin kookte voor de oorlogsslachtoffers en voor ons. Net als bij deftige mensen.

Onze moeder lag onder haar wolk een boek te lezen. De schrijfster heette Sigrid Undset, op het omslag stond een foto van een vrouw met een vlecht rond haar hoofd. Een mooie vrouw, enigszins mollig, maar zo zagen de vrouwen er in die tijd uit, zei mijn moeder. De eerste zin van het dunne boekje luidde: 'Ik heb mijn man bedrogen.' Dat heb ik onthouden. Mijn moeder leest hardop voor, en wij begrijpen haast niets van het verhaal. Mijn zus is negen en ik ben zeven. Mijn moeder laat alles om zich heen voor wat het is, niets leidt haar af, alsof ze er helemaal niet is.

In een rapport lees ik: 'Op 23 oktober 1956 brak in Hongarije de eerste gewapende opstand uit tegen de Sovjetheerschappij en het communisme in Oost-Europa. Na de interventie van het Russische leger sloeg de opstand om in een strijd voor nationale onafhankelijkheid.'

In het herstellingsoord voor oorlogsslachtoffers werden Hongaarse vluchtelingen opgevangen. Het raakte overvol, in de bedden lagen hele families dicht opeengepakt. Iedere stoel, ieder bed, ieder leeg plekje moest worden benut. In de keuken waren nu drie kokkinnen aan het werk. Dampende noedelpannen, rondspattend vet. Keukenmeisjes die groenten en sla wasten. Elke ochtend stond er een grote vrachtwagen voor de deur en werden er levensmiddelen uitgeladen en naar de kelder gedragen. Mijn vader stond ernaast met een notitieblok en hield bij wat er bezorgd werd.

Zelf hadden we eerder in vijf royale vertrekken gewoond, nu kregen we twee kamers toegewezen, we hadden geen keuken, ons eten kwam met de etenslift, we haalden het eruit en zetten het op tafel. Het kan gewoon niet lekker zijn, zei onze moeder, voor zo veel mensen koken is een vak, en ons personeel was maar samengeraapt. Hoor mij. Ik zeg 'ons personeel', alsof wij er iets over te zeggen hadden.

De gangen zaten vol mannen, vrouwen en kinderen, er

werd met ballen gespeeld. We keken nieuwsgierig door het raampje in onze deur, we durfden niet naar buiten te gaan. Vreemd. Alles was vreemd. De Hongaarse mannen droegen trainingsbroeken, ze zaten erbij alsof ze op het begin van een wedstrijd wachtten. Het rook naar ongewassen kleren en sigarettenrook. Onze moeder leed daaronder. Ze stak kaarsen aan en blies ze weer uit. Ze legde dennentakjes te drogen en als er geen vocht meer in zat, hield ze er een lucifer bij. Ze was dol op de geur van verse en verbrande dennennaalden.

In mijn herinneringendoos heb ik een foto gevonden: ik sta in het midden, links en rechts van mij twee schoolmeisjes, alle drie zijn we in badpak. Ik was even oud als de andere meisjes, maar wel de kleinste van het stel. Het was in de tijd dat mijn moeder aan één stuk door in het ziekenhuis lag, en ik moest aan haar denken toen het kiekje werd gemaakt. We wisten niet hoe het met onze moeder ging, we wisten niet dat ze snel zou overlijden, en toen ze eenmaal was overleden, konden we het niet geloven. Vreemde mensen aaiden ons over ons haar en zeiden: 'Ach, jullie vier arme halfwezen!' Dat was heel naar. We waren nog bij haar op bezoek geweest in het ziekenhuis en toen had ze er opgewekt uitgezien, euforisch haast. Maar ze werd al snel misselijk en toen werden we haar kamer uit gestuurd. Nu weet ik dat dat door de morfine kwam.

In de klas werd geld ingezameld voor een krans, alle kinderen betaalden tweeënhalve schilling, ik vond het verschrikkelijk en had wel uit het raam willen springen om het niet te hoeven meemaken. Dan ging ik dood en zou ik samen met mijn moeder naar de hemel gaan.

Toen mijn moeder overleed, leefden haar broers en

zussen nog, koningin Grete was de eerste. Toen het gebeurde, leek het alsof haar broers en zussen, en ook wij, haar kinderen, mijn twee zussen en mijn broer, van de wereld gevallen waren, alsof we niet hadden geweten dat ze ernstig ziek was, alsof er geen ziekte was geweest die tot haar dood had geleid, alsof de dood niet bestond. Ik zal die dag nooit vergeten: een vriendin vertelde me over de hond die ze had gekregen. Ze moest en zou me hem laten zien. Nu. Meteen. Ik moest met haar mee naar huis, de hond bewonderen en dan doorlopen naar mijn tante voor het middageten. Mijn zussen en ik woonden in die tijd bij mijn tante Kathe, omdat onze moeder in het ziekenhuis lag. We zouden aardappels met wortels en een stuk rundvlees eten dat eerder in de soep had meegekookt en helemaal uit elkaar viel, en waarvan de draden tussen je tanden bleven zitten. Het was op een zaterdag. Toen ik thuiskwam, zag ik hoe mijn zus met haar hoofd tegen de muur bonkte, tante Kathe stond te huilen boven de soep, ik wist niet wat er gebeurd was. Ja, en toen zeiden ze het, met fluisterende stem. Onze moeder was overleden. 'Grete is dood.'

En toen was het weer winter. En ze hadden helemaal niets meer. In de keuken hing zelfs geen spekzwoerd meer aan het plafond. De laatste aardappels waren niet meer te eten.

Buiten sneeuwde het. Het sneeuwde zo hard dat je vanuit de keuken zelfs de put niet kon zien. Lorenz kwam uit school. Het was middag. Hij schudde de sneeuw uit zijn haar en legde zijn schoolspullen in de keuken. Zwijgend groette hij zijn moeder, die zoals altijd met Grete op schoot zat. Katharina en Walter maakten samen huiswerk. Lorenz ging naar de stal, zei tegen Heinrich dat hij het werk wel deed, dat hij naar binnen moest gaan en brandhout moest meenemen. Heinrich sprak zijn broer ondertussen al niet meer tegen. Hij siste naar de hond en maakte zich met hem uit de voeten. Hij stelde ook geen vragen. Lorenz wachtte. Hij stampte zijn voeten warm. Hij wilde wachten tot de duisternis zich vanaf de berg over het dal verspreidde. En toen deed hij wat hij 's nachts tot in detail had uitgedacht. Hij had voorbereidingen getroffen, had die ochtend een extra paar dikke sokken in de schuur gelegd en de dikke handschoenen van zijn vader, een extra hemd en de lange onderbroek die hij anders nooit aanhad, lange onderbroeken waren voor lafaards, andere woorden had hij er niet voor. Nu, in de schuur, trok hij de kleren aan en zette de muts met de gewatteerde oorbeschermers op die ook van zijn vader was. Hij ging op de dissel van de handkar zitten en stak zijn voeten in zijn vaders bergschoenen. Ze waren hem te groot, maar niet meer veel te groot, met een extra paar sokken pasten ze. Tot slot sjorde hij de grote rugzak op zijn rug. Het ding rook naar schimmel, hij werd nooit gebruikt, er waren nooit meer spullen te vervoeren dan er in de kleine rugzak pasten. Toen beende hij naar buiten, over het smalle platgetrapte pad in de sneeuw, langs de put, naar het gebaande pad beneden. Daarover liep hij het dorp in, zijn hoofd gebogen tegen de sneeuw die uit de hemel kwam zetten, en zo verder door het dorp naar de laatste boerderij aan de andere kant. Hij floot luid, sommige coupletten zong hij zelfs, er was op dit uur niemand buiten, en als er iemand buiten was geweest, zou hij die begroeten, bijna overdreven opvallend, zo had hij zich voorgenomen. Wie hem zag, moest vooral niet de indruk krijgen van een jongen die met iets geheimzinnigs bezig was. Die Lorenz van de bagage is maar vrolijk vandaag, moesten ze denken als ze hem zagen. Wie vrolijk is, is onschuldig. Maar hij kwam niemand tegen. Bij een sneeuwjacht als deze ging natuurlijk geen mens naar buiten. Maar misschien zou er iemand uit het raam kijken. Er zou zeker iemand uit het raam kijken. Die zou hem zien, een onschuldige jongen, vrolijk ondanks het slechte weer.

In het laatste huis aan de andere kant van het dorp woonde een schoolvriend, de enige met wie Lorenz zo nu en dan sprak. Hij vond hem eigenlijk zelfs aardig, alleen had zich ook toen al de vaste overtuiging van mijn oom Lorenz meester gemaakt dat hij iemand was die bij iedereen uit de buurt bleef, en daarom niemand aardig mocht vinden. En dus ook Emil niet. Hoewel hij hem toch op een of andere manier mocht. Hij hielp hem met rekenen en had hem al meer dan eens aan een beter cijfer geholpen. Tegen de tijd dat hij bij het huis aankwam, was het donker. Hij klopte met de ijzeren ring op de deur.

Emils moeder deed open. Lorenz trok snel de muts van zijn hoofd. Dan herkende ze hem meteen en hoefde ze niet te vragen wie hij was en schrok ze niet.

'Wat wil je,' vroeg ze zonder zijn naam te noemen.

Dat vond hij onbeleefd. De woede schoot hem in zijn keel, maar ter hoogte van zijn adamsappel hield hij hem tegen. Hij slikte en deed zo opgeruimd als hij kon. Hij zei dat hij zijn leesboek niet had kunnen vinden, dat Grete het vast had kwijtgemaakt, zijn kleine zusje maakte alles kwijt. Hij zou het morgen vast vinden, maar wel pas na schooltijd, terwijl hij morgen op school twee bladzijden moest voorlezen en hij daar helaas niet goed in was, de een was nu eenmaal goed in rekenen, de ander in lezen, hij was liever goed geweest in lezen... enzovoort. Hij praatte zoals hij het die nacht had bedacht en zachtjes had geoefend. Het was misschien slijmerig wat hij allemaal vertelde, maar zo had hij het precies bedacht, het was uit berekening. Hij kende Emils moeder en wist dat ze hem bewonderde om zijn rekentalent, maar dat ze hem ook benijdde omdat haar zoon er zo slecht in was. Daarom had hij bedacht dat het haar goed zou doen als hij deed alsof hij op zijn beurt jaloers was op Emil, omdat die zo goed kon lezen.

'Ik wou Emil vragen of ik zijn leesboek vandaag mag lenen.'

Wat er over de familie van Lorenz werd verteld, was niet erg positief, ronduit negatief zelfs. Sommigen geloofden het, anderen geloofden het niet. Sommigen geloofden het, maar vonden wel dat de pastoor zijn boekje te buiten was gegaan, alsof hij als Heer boven Onze-Lieve-Heer stond. De kinderen van de bagage gingen naar school wanneer ze wilden, wanneer het hun uitkwam. Dat was inderdaad niet zoals het hoorde. En hun moeder hield zich overal afzijdig van, ze zagen haar nooit in het dorp. Wat verbeeldde ze zich wel? Emils vader wees zijn vrouw keer op keer terecht en hield haar voor dat ze haar fantasie moest beteugelen, want wat wist zij er nu helemaal van? Maria Moosbrugger mocht dan knapper zijn dan de andere vrouwen, wat zonder enige twijfel zo was, dat was nog geen reden om kwaad op haar te zijn. Het was wel voldoende reden om over haar te práten, wierp zijn vrouw dan tegen. Maar het kruis van hun huis halen, dat ging inderdaad te ver.

'Wacht,' zei de vrouw tegen Lorenz.

Ze had hem alweer niet bij zijn naam genoemd en ze had hem niet binnengevraagd, wat hij ook onbeleefd vond. Een rotstreek vond hij het, ze had zo de deur voor zijn neus dichtgeslagen. Het sneeuwde zo hard dat hij in de paar minuten sinds hij zijn muts had afgedaan een witte vacht op zijn haar had gekregen. Zelfs een bedelaar liet je niet zo staan. Hij rilde van de kou, sloeg zijn schoenen tegen elkaar. Plotseling stak Emil zijn hoofd naar buiten en gaf hem zijn boek, en ook een appel. De hond, een lichtharig beest, duwde zijn kop naar buiten, tussen de deurpost en Emils knie, om zich door Lorenz te laten aaien. Een tamme hond die nergens voor te gebruiken was. Lorenz stak het boek onder zijn riem, op zijn buik, trok zijn wollen trui eroverheen en beende ervandoor.

Hij ging op weg. Als ze me nakijken, zullen ze zien dat ik de gewone weg terug neem, midden over het gebaande pad. Zijn voetsporen waren al niet meer te zien, ze waren al dichtgesneeuwd. Toen hij uit zicht was, voordat hij bij de huizen kwam die richting het dorp dichter bij elkaar stonden, klom hij op het hek langs de weg. Dat was amper te zien, omdat het onder de sneeuwberg schuilging die de ploeg had opgeworpen. Hij sprong van het hek in de sneeuw aan de andere kant, waar hij tot zijn borst in verdween. Hij worstelde zich door het weiland naar boven, richting het bos. In de zomer had hem dat nog geen vijf minuten gekost, nu kostte het hem meer dan een kwartier. Het laatste steile stuk het bos in kroop hij op handen en voeten. Het bos was hier dicht, er lag maar weinig sneeuw tussen de stammen. Hij moest op adem komen, ging op zijn knieën zitten, klopte de sneeuw van zich af en schudde zijn muts en handschoenen uit. Toen ging hij door het bos terug naar het huis waarin Emil en zijn familie woonden. De stal en de schuur waren aan de achterkant aan het huis vastgebouwd. In het huis konden ze niet horen of zien wat er in de stal en in de schuur gebeurde.

Van de bosrand naar de stal was niet meer dan tien meter. Maar wel door een kom waarin zich sneeuw had opgehoopt. Na de eerste stap gleed Lorenz uit en ging kopje-onder. Toen hij zich oprichtte, zat hij nog steeds helemaal onder het sneeuwdek. Even was hij bang, raakte hij zelfs in paniek dat hij zou stikken. Hij roeide met zijn armen, alsof hij zwom. De sneeuw kroop tussen zijn muts en zijn kraag, zijn gezicht gloeide van de kou, hij roeide verder, sloeg om zich heen, hield zijn adem in en uiteindelijk kwam zijn hoofd boven de sneeuw uit. Ik kom hier nooit meer terug, dacht hij. Hij vocht zich een weg door de sneeuw, tot hij bij de schuur was. Onder het afdak veegde hij de sneeuw van zijn kleren en zijn muts en zijn handschoenen. Hij was uitgeput, zijn benen voelden tot aan zijn voeten verdoofd aan, het leek wel of ze er niet meer waren. En zijn longen deden pijn. Hij had wel willen vloeken, maar dat durfde hij niet, hij kende zichzelf: als hij eenmaal begon te vloeken, ging het met hem op de loop.

Opeens klonk het boven hem: 'Tsi-tsi-tsitsitsi! Tsi-tsi-tsitsitsi!' Er zat een vink op het lage staldak. Hij zag hem niet. Hij herkende alle vogels aan hun roep. 'Vlieg naar huis, straks vries je nog dood!' zei hij zacht.

Uit de schuur sprong er een eekhoorn voor zijn voeten.

'Ga naar huis, straks vries je nog dood!' zei hij ook tegen dit dier.

De helling van het bos schemerde door de vallende sneeuw. Er was geen spoor te bekennen. Hij had niet verwacht dat hij onder het sneeuwdek door moest zwemmen, maar dat was juist goed, dacht hij nu. Zo zou er geen spoor te zien zijn. Niemand zou hem ergens van verdenken. Zo had mijn oom Lorenz alles uitgedacht toen hij die nacht naast zijn broer Heinrich in bed had gelegen: als ik naar Emil ga, helemaal volgens het boekje, en wat slijm bij zijn moeder, zal niemand op het idee komen dat Lorenz Moosbrugger de dief was. Zo veel brutaliteit houdt geen mens voor mogelijk, dat verwachten ze zelfs niet van een Moosbrugger. Maar als ik dat niet doe, en ze zien zomaar dat ze bestolen zijn, dan zullen ze meteen denken dat een van ons het heeft gedaan. Ik natuurlijk. Ook als ik het niet had gedaan, zouden ze dat denken. Dat met dat leesboek was een afleidingsmanoeuvre. Geen effectievere manier om iemand af te leiden dan te slijmen. Mijn oom Lorenz was trots op dit idee. Hij had er, vertelde mijn tante Kathe, tot aan zijn dood om kunnen lachen.

Hij brak in in de schuur en vervolgens in de stal, en sloop vanuit de stal de kelder onder het huis in. Daar hingen zijden spek aan het plafond, daar stonden rekken volgestapeld met kazen, ze hadden hun voorzorgsmaatregelen getroffen hier, en ze hadden ook genoeg gehad om maatregelen mee te treffen. Daar stonden de conserven, de potten met peren, appels, kool, pompoen en vlees, de potten pruimencompote en kersencompote. Hij stopte alles wat hij kon pakken in zijn rugzak, tot die zo zwaar was dat hij hem amper meer kon tillen. Vervolgens kroop hij door de sneeuwtunnel, door de kom het bos in en liep hij boven in het bos een stuk evenwijdig aan de dorpsstraat, slepend met de rugzak; hij moest steeds weer rust nemen en op adem komen. Boven, waar het gebaande pad ophield en het bergpad naar hun huis begon, stampte hij een hol in de sneeuw, waar hij zijn buit in legde. Met de lege rugzak beende hij door de sneeuw, door het bos omhoog en langs dezelfde weg terug, tot hij weer boven Emils huis stond.

Vijf keer klom Lorenz die nacht het huis van Emils ouders binnen. Hij haalde de voorraadkamer helemaal leeg, niet één pot conserven liet hij voor ze over. Hij nam kaas mee. En worst. En brood. En het sneeuwde uit de hemel en zijn sporen werden uitgewist. Bij de laatste ronde stopte hij drie kippen in zijn rugzak. Dagen van tevoren had hij in de stal, achter de koeien, een hok voor ze gebouwd. Toen hij eindelijk klaar was, was het twee uur 's nachts. Als hij klem was komen te zitten met zijn vingers, zou hij er niets van hebben gevoeld. Hij haalde zijn bed niet meer, hij ging in de keuken op de vloer liggen, met zijn kleren aan. De gewatteerde muts op zijn hoofd, de twee paar handschoenen aan zijn handen, de bergschoenen van zijn vader aan zijn voeten.

Maar hij spijbelde de volgende dag niet. Hij vertelde zijn moeder 's ochtends niet waar hij was geweest en wat hij had uitgespookt. En zij stelde geen vragen. Maria vertrouwde haar zoon. Alles wat hij deed, deed hij voor zijn familie. Hij vroeg haar het leesboek te strijken, het was gekreukt geraakt en het was niet van hem, hij moest het die dag teruggeven. Ze vulde de strijkbout met gloeiende kooltjes en legde een doek over het boek. Toen ze klaar was, leek het wel nieuw.

Na schooltijd droeg Lorenz zijn broer en zijn zus op hem te helpen de spullen uit het hol in de sneeuw te halen. Hij had van tevoren ook bedacht waar ze alles in huis zouden verstoppen. Voor het geval er toch iemand op het idee kwam dat er een van de bagage had ingebroken in het huis van Emils ouders. Maar óf er kwam niemand op het idee, óf – als er wel iemand op het idee was gekomen – ze waren zo bang voor de vastberadenheid van de bagage, dat ze hun mond hielden en wegkeken.

Iets mooiers dan hoe zijn moeder hem die dag had aangekeken had Lorenz nooit meegemaakt, vertelde hij later aan mijn tante Kathe. Het was de mooiste dag in zijn leven geweest. Nooit had hij zijn moeder knapper gevonden dan op die dag. En nooit was hij gelukkiger geweest dan op die dag. Hij had de hele middag op de kachelbank liggen slapen. Een van de kippen had een vleugel gebroken, Maria had het beest de kop afgehakt en geplukt en er soep mee gemaakt. Ze had een warme doek om de voeten van haar slapende zoon gewikkeld en hem toegedekt. Die avond hadden ze een feestmaal gehad. Niemand kon Lorenz nog iets leren, hij wist hoe je moest overleven. En niemand, helemaal niemand, hoefde hem de les te lezen.

In november 1918 was de oorlog voorbij. Maar Josef kwam pas met kerst naar huis. De burgemeester was toen al geen burgemeester meer. Er was geen burgemeester meer. Niemand in het dorp wist nog hoe de politieke verhoudingen precies lagen. Iedereen was mager geworden. De soldaten die terugkeerden waren grijs geworden, zelfs de mannen onder de dertig.

Josef vroeg de burgemeester om uitleg.

'Wat is er waar van de geruchten?' vroeg hij.

Josef was niet grijs geworden, hij had een zwarte baard tot halverwege zijn borst, hij zag er angstaanjagend uit. Zijn ogen waren hol als lege eierdopjes met een brandende knoop erin, niemand had zoiets ooit gezien. Hij had zijn kinderen gedag gezegd en zijn vrouw niet aangekeken. Ook Margarethe had hij niet aangekeken. Hij was in de put gaan zitten, op de randen had al sneeuw gelegen, en had zich met een grote borstel die hij had meegebracht schoongeschrobd. Hij had ook schone kleren meegebracht, burgerkleren, een mooi zacht flanellen ruitjeshemd, nieuw, een ribfluwelen broek, ook nieuw, met een bruine leren riem, een Italiaans jasje met visgraatmotief, ook nieuw. Alles was nieuw. Hij had een stropdas om die bij zijn geruite hemd paste, alsof een kenner ze bij elkaar had gezocht. Ook zijn rugzak was nieuw, geen gewone van linnen, maar van leer, zacht leer. Van wie hij die spullen had gekregen, waar hij ze had gekocht en met welk geld dan wel – geen mens die het hem vroeg en uit zichzelf zei hij niets. Als een nieuw mens liep hij het dorp in, om verhaal te halen bij de burgemeester.

'Wat is ervan waar?'

'Waarvan?'

'Je weet precies wat ik bedoel. Dat, waarom de pastoor het kruis van ons huis heeft gehaald. Dat!'

'Wat is er waar van wat? Kun jij overal alleen maar omheen draaien, Josef, heb je de moed niet om te zeggen wat je denkt?'

'Dat dat wurm niet van mij is. Dat bedoel ik.'

'Wie zegt dat?'

'Wat is ervan waar?'

'Jij wilt iets weten,' zei de voormalige burgemeester, die nu alleen nog maar Gottlieb Fink heette. 'Ik wil ook iets weten. Hoe gaan we het doen? Gaan we elkaar allebei antwoord geven, of niet? Dus. Wie zegt dat?'

'Er kwam een kerel naar me toe, in Innsbruck al, die vertelde het me. Ik kende hem niet. Volgens hem wist iedereen het. Zelfs hij wist het. Terwijl hij niks met ons te maken heeft. En zelfs hij wist het.'

'En van wie zou de kleine Grete dan wel zijn? Kun je haar naam niet eens uit je mond krijgen? Ze doet je niks. Van wie zou ze dan zijn?'

'Dat vraag ik jou. Dat is precies wat ik van jou wil horen, burgemeester.'

'Ik ben geen burgemeester meer. Ik ben Gottlieb Fink en verder niks.'

'Dan vraag ik het aan Gottlieb Fink. Is dat wurm van mij?'

'Je mag dan in de oorlog hebben gevochten, Josef, en een mens mag dan niet beter worden van een oorlog, eerder het tegenovergestelde, en Margarethe mag dan maar een kind zijn, en niet meer, ze is wel een mens en ze heeft een naam, en ik zou het waarderen als je haar in mijn aanwezigheid geen wurm noemt, maar haar bij haar naam noemt. Ze heet Margarethe, en ze wordt Grete genoemd.'

Zo stel ik me voor – zo wens ik me voor te stellen – dat Gottlieb Fink en Josef Moosbrugger met elkaar praatten. Tante Kathe heeft al haar broers en zussen overleefd, en ik had mijn naspeuringen voor me uit geschoven tot alleen zij er nog was. Ik zou dat woord zelf overigens nooit gebruikt hebben. Tante Kathe had het daarover, over 'naspeuringen'.

'Wil je op visite komen om naspeuringen te doen?' vroeg ze aan de telefoon.

En ik zei: 'Ja, ik wil naspeuringen doen. Het is niet verboden om te willen weten waar je vandaan komt.' En of ik bij haar op bezoek mocht komen.

Toen ze eenmaal had besloten haar verhaal te doen, deed ze dat heel levendig. Echt levendig, ik bedoel het letterlijk. Ze deed alsof de mensen over wie ze vertelde nog altijd leefden, sterker nog: alsof ze bij ons waren en bij ons hun gesprekken voerden, in haar keuken in die huurkazerne voor Zuid-Tirolers.

Ik vroeg: 'Wat zei mijn grootvader toen hij terugkwam van het front en de kleine Grete zag, mijn moeder?'

En tante Kathe: 'Wat zei hij? Wat zal hij gezegd hebben? Hij zei niets. Hij ging het dorp in om Fink om uitleg te vragen.'

'En wat zei hij tegen Fink?'

En zij: 'Wat zal hij tegen Fink gezegd hebben? Wat is er waar van de geruchten? Dat zal hij gezegd hebben.'

'En wat zei Fink toen?'

'Wat zal Fink gezegd hebben? Hij zal gezegd hebben: van welke geruchten? Ik kan me niet anders voorstellen dan dat hij dat heeft gezegd. En papa, wat zal die gezegd hebben? Die zal gezegd hebben: dat dat wurm niet van mij is. En Fink zal gezegd hebben: noem dat kind geen wurm, dat kind heet Margarethe. Grete. Dat, Josef, moet je weer leren als je terugkomt van het front. Zoiets zal Fink gezegd hebben, ik kan me niet anders voorstellen...'

Mijn tante Kathe spon dit gesprek tussen Josef en Gottlieb Fink voor mij uit. Niet alsof ze erbij was geweest, maar alsof het hier en nu gevoerd werd. Dat was hoe zij het deed. Dat bedoel ik met levendig.

Het gesprek liep uit op een grote leugen, echt een grote leugen. Tante Kathe was ervan overtuigd dat een dergelijke leugen zich niet liet plannen, die moest de duivel er onverhoeds in gestopt hebben.

Ze wist niet wat er in Gottlieb Fink gevaren was, zei tante Kathe. Toen het zo een tijdje over en weer was gegaan tussen Josef en hem, vijandig, Josef was vijandig, dat was hij rond deze tijd sowieso, net na het einde van de oorlog was hij vijandig tegen alles en iedereen, dat zullen de meeste soldaten geweest zijn, maar zeker tegen Gottlieb Fink was hij vijandig, aangezien die, als de geruchten klopten, niet op zijn vrouw had gepast. Josef moest hem daar in niet mis te verstane bewoordingen op aangesproken hebben, anders kon mijn tante Kathe het zich niet voorstellen. En Gottlieb Fink had hem van repliek gediend.

'Wat denk je nou zelf, Josef,' zei Gottlieb Fink, de man die tot het eind van de oorlog burgemeester was geweest. 'Wat had je nou gedacht? Dacht je: ik geef Gottlieb een bevel en dan voert die dat voor me uit? Ik heb je nooit alsjeblieft horen zeggen, Josef, en ook nooit dankjewel. Daar voel je je zeker te goed voor.'

'Bespaar me je geschoolmeester,' zei Josef. 'Ik hoef maar één ding te weten. Is er een Duitser bij Maria in huis geweest, ja of nee? Meer hoef ik niet te weten.'

'Zo zo, meneer komt terug uit de oorlog,' ging Gottlieb Fink verder, alsof hij nooit in de rede was gevallen, 'en begint meteen de politieagent uit te hangen. Alsof hij het recht heeft een verhoor af te nemen. En dan begint hij over een Duitser, waarmee hij wil zeggen dat ik, die indertijd burgemeester was, dat ik geen toezicht zou hebben gehouden. Dat ik had moeten voorkomen dat er een of andere Duitser bij Maria op bezoek zou komen.'

'Is hij op bezoek geweest?'

'Nee,' zei de burgemeester. Dat was zijn eerste leugen. Hij wist immers dat de man uit Hannover bij Maria in huis was geweest. Hij had hem zelf gezien. En hij herhaalde: 'Nee, die is niet in jullie huis geweest.'

'Bedoel je dat er nooit een Duitser is geweest?'

'Jawel, die is er wel geweest. Maar niet bij Maria.'

'Maar dat is toch de vader van dat wurm,' zei Josef.

'Ik zeg het je nog één keer,' snauwde de burgemeester hem toe, misschien greep hij Josef zelf bij de kraag van zijn nieuwe jasje, dat met dat visgraatmotief, 'dat kind heet geen wurm, maar Margarethe, Grete. En nee, die Duitser is de vader niet.'

'Wie dan?'

Op dit punt, dacht mijn tante Kathe, moest het in de burgemeester gevaren zijn, anders kon ze het zich niet voorstellen. De grote leugen. Ze kon zich niet voorstellen dat Gottlieb Fink zich had voorgenomen zo'n grote leugen uit te spreken. De duivel moest hem die onverhoeds hebben ingeblazen.

Gottlieb Fink, de voormalige burgemeester, zei: 'Dat kind is van mij. Grete is mijn kind. Margarethe is mijn dochter.'

En hij praatte meteen door, hij hield zich Josef van het lijf en greep hem tegelijk vast, nu misschien wel echt aan de kraag van dat mooie jasje met dat visgraatmotief.

Mijn tante Kathe, die haar hele leven had getwijfeld of er een god bestond, wist zeker dat de duivel Gottlieb Fink ook de volgende woorden had ingefluisterd: 'Wat denk je nou helemaal, Josef? In plaats dat je hier neerknielt op je geboortegrond en Onze-Lieve-Heer bedankt dat je die smerige schijtoorlog hebt overleefd, en dat je allebei je armen en allebei je benen en allebei je ogen nog hebt, kom je hier uit Innsbruck naartoe, waar een of andere klaploper je wat heeft wijsgemaakt, en begint mij te beschuldigen. Vraag ik jou soms waar je dat mooie jasje vandaan hebt? En die mooie broek en die riem van dubbel leer? Ja, ik heb oog voor dat soort dingen. Jij laat me op die mooie vrouw van je passen. Prima, maar wat denk je dat ik ben? Een stuk hout? Dat was mij onbekend, dat ik dat ben. Ik ben een mens, Josef, ik ben een man. En jouw vrouw, Maria – en o wee, Josef, als je haar ook maar íéts aandoet –, wat moet zij dan zijn? Ook een stuk hout soms? Ze is een vrouw, Josef. En je gelooft toch niet, verwaande soldaat die je bent, soldaat die net een oorlog heeft verloren, dat zo'n vrouw er alleen maar voor jou is? Geen mens die ook maar naar haar mag kijken. Dat denkt hij, die verwaande soldaat die net een oorlog heeft verloren. Een man is een goede man als hij op een vrouw kan passen. En ik kan dat. En jij kunt dat niet. Ook al zeg je nu dat het niet jouw schuld is, het blijft een feit. Ik heb me teweergesteld tegen alle laster, dat kan ik zonder meer stellen. Ik heb je vrouw voor kwaadwillenden en voor honger behoed, vergeet dat niet. Maar voor de man in mijzelf kon ik haar niet behoeden. En nu is het klaar, Josef! Ga naar huis en gedraag je als een man die op zijn gezin kan passen!'

Zo moest het zijn gegaan, zei tante Kathe, anders kon ze het zich niet voorstellen.

Een tijdlang, misschien tot aan Pasen, maar misschien ook minder lang, sliepen Maria en Grete in het ouderlijk bed, en sliep Josef op de kachelbank in de keuken. Een tijdlang praatte Josef niet met Maria. Hij dreef geen handeltjes meer met Gottlieb Fink, maar ging nu regelmatig met de nieuwe omnibus naar zijn zwager in L. Vaak sliep hij daar dan. Maar al snel sliep hij ook weer bij zijn vrouw in bed. Hij zei niets als Grete bij hen was, ze mocht alleen niet in het kuiltje tussen hen in liggen. Hij sprak haar naam niet uit. Niet één keer. En nooit, nooit keek hij haar aan. En nooit, nooit sprak hij tegen haar. Hij deed alsof ze niet in huis was, en geen van zijn kinderen durfde hem erop aan te spreken, zelfs Lorenz niet. Katharina zorgde voor haar zusje, maar meestal zat Grete onder haar moeders rokken. Algauw was Maria weer zwanger. Ze bracht een meisje ter wereld en noemde het Irma. Ze ging nu ook weer regelmatig naar het dorp. In de winkel praatte ze met Else en met andere vrouwen, en geen mens kon zeggen dat ze anders was dan de rest. Haar kind had donkere ogen en iedereen zei dat het erg op haar moeder leek. Maria zweeg als ze dat hoorde, want ze wist wat de mensen ondertussen dachten. Ze had Josef gezworen, op haar leven en dat van haar kinderen, dat Grete zijn kind was, dat er niets anders mogelijk was, behalve als God haar had uitgekozen, na Moeder Maria, om een zwangerschap zonder man op uit te proberen. Maar hij had haar niet geloofd. Ze vertelde hem alles. Dat ze op de markt in L. was aangesproken door een man uit Hannover die haar iets had willen vragen. Ze had met de man gepraat, dat was opgevallen, en zo was het gerucht ontstaan dat in oorlogstijd zo'n grote schaduw over het dorp had geworpen. Ze vertelde dat Gottlieb haar had lastiggevallen, dat ze zich amper uit zijn greep had kunnen bevrijden, maar dat het haar toch was gelukt. Ze vertelde niet over Lorenz – dat hij haar met het geweer had verdedigd en dat hij voor zijn familie uit stelen was gegaan. Ze had in de gaten hoe bang Lorenz voor zijn vader was. Hij was voor niets of niemand in de wereld bang, meende ze, behalve voor zijn vader.

Opnieuw werd Maria zwanger, en dit keer werd ze misselijk, ze gaf iedere dag over en ze werd mager en haar haar viel uit bij het kammen. Het was een jongen. Hij werd Josef gedoopt, dat wilde zijn vader, maar zijn leven lang zou iedereen hem Sepp noemen.

Maria, mijn grootmoeder, was tweeëndertig jaar en had zeven kinderen ter wereld gebracht.

En toen werd ze ziek. Haar buik zwol op, ze hoorden haar schreeuwen. Josef liet de dokter bellen. Die constateerde dat haar blindedarm aan de verkeerde kant zat. Maria overleed. Een maand na de eerste pijn.

Nog geen jaar later overleed ook Josef. Aan bloedvergiftiging. Hij had zich verwond bij het houthakken. Op het laatst, toen hij in zijn zwarte pak op de kachelbank lag, koorts had en niet meer kon opstaan, was de burgemeester langsgekomen. Hij was 's nachts bezocht door geesten die hadden gedreigd hem tot aan zijn dood te blijven kwellen, dag en nacht, als hij niet nú de waarheid zou vertellen. En die waarheid was dat hij nooit iets met Maria had gehad. Hij had het graag gewild, gaf hij toe, maar Maria had hem afgeweerd, ze had hem geen enkele hoop gegeven, werkelijk geen enkele hoop, hem niet, maar ook die kerel uit Hannover niet, na de Moeder Gods was Maria de trouwste vrouw geweest die ooit op aarde had rondgelopen en Grete was niets anders dan zijn kind, Josefs kind.

Haar vader had het aangehoord en geknikt, vertelde tante Kathe. Of hij het had begrepen, wist ze niet. Een dag later was hij dood geweest. En zij, de kinderen, waren alleen. Heinrich was negentien, Katharina achttien, Lorenz zeventien, Walter dertien, Grete zeven, Irma drie, Sepp twee.

De kinderen zaten op het bed van hun ouders, met z'n allen bij elkaar, de hond lag aan hun voeten, de kat had zich op Gretes schoot gevlijd, voor het raam verzamelden zich vogels. Het was voorjaar. De geur van de föhn drong door de kieren het huis binnen. Een pimpelmees sleep met zijn snavel een gootje in een krans van vet en zonnebloempitten, Katharina had voor de merels stukjes appel gestrooid, roodborstjes en vinken verstarden van schrik bij de aanblik van een sperwer. Een gaai pikte in de gedroogde griesmeelpap die op de veranda stond. En toen was het stil.

'Als de merel zingt...' zei Grete, maar ze praatte niet verder, alsof haar plotseling iets anders te binnen was geschoten.

Walter en Grete waren de lichte twee, de twee met het dunne haar. Tussen hun donkere broers en zussen leken ze wel van een andere familie.

In de muren woonden hun ouders nog, hun moeder zat nog in het bed en de matras, haar geur in de kleren die waren achtergebleven. Die moesten blijven liggen waar ze lagen, het was alsof ze ieder moment de slaapkamer uit kon komen om zich aan te kleden. Op Katharina's aandringen paste Heinrich de nieuwe kleren van zijn vader aan, de niet-zwarte, maar hij voelde zich er niet in op zijn gemak. Ze pasten nog het meest bij Walter, maar hem waren ze nog te groot. Irma vroeg of zij moeders omslagdoek met de franjes mocht lenen, die rook naar haar.

Lorenz had de jagers in de gaten gehouden. Hij was achter ze aan geslopen. Hij wilde achterhalen wanneer ze op jacht gingen. En hoelang ze buiten waren. Buiten die tijden wilde hij met Heinrich en Walter gaan jagen. Alleen om iets te eten te hebben. Zo zei tante Kathe het: 'Het ging erom dat we iets te eten hadden.'

Lorenz had het Fink-geweer. Het was zijn eigendom, niemand had dat ooit bestreden. Lorenz zou schieten. Heinrich en Walter moesten de beesten voor zijn loop drijven. Hij zou de ree of de gems schieten, en dan moesten Heinrich en Walter de buit in een doek wikkelen en naar huis dragen. Lorenz zou met ze meelopen, het geweer niet over zijn schouder, maar schietklaar in zijn handen. Ze zouden hoe dan ook konijn op tafel krijgen, maar welke vogels je allemaal kon eten, wist Heinrich ook niet zo precies. Kon je merels eten? Die kon je het gemakkelijkst schieten. Die gingen zo voor je in het gras zitten en keken zo in de opening van je geweer. Roofvogels kon je niet eten, dat was duidelijk. Aan een mus zat te weinig vlees. Duiven zaten hier niet. Lorenz hoopte op een hert, hij had er al een paar keer een op schootsafstand gehad. Het gewei zou hij dan voor zichzelf houden, hij wilde het zijn hele leven met zich meeslepen, waar zijn leven hem ook maar heen zou voeren. Ook als hij had geweten dat het hem in een volgende oorlog naar Rusland zou voeren en dat hij daar zou deserteren en een tweede gezin zou stichten, dan had hij nog gezegd: mijn gewei gaat mee! Maar mijn oom Lorenz heeft nooit een hert geschoten.

Hij had ook jagers op schootsafstand gehad. Ze hadden naar hem geroepen en met hun armen gezwaaid.

'Hé, jij daar, van de bagage!' riepen ze. 'Hé, jij daar, van de bagage! Wij zijn hier aan het schieten!'

De eerste keer hadden ze de bijnaam van zijn familie naar hem geroepen. Dat betekende dat ze hem respecteerden. En dat ze verwachtten dat hij zich dienovereenkomstig gedroeg. Dat hij zou laten zien dat hij hun respect waard was. Als hij ervandoor was geslopen, had hij hun respect verloren. Hij hief zijn geweer op, legde zijn wang tegen de kolf en richtte op ze.

'Bagage!' riepen ze. 'Vandaag schieten wij!'

Dat kon alleen maar betekenen: jullie mogen morgen. Wat moest het anders betekenen? En dat betekende: we zijn gelijkwaardig, wij zijn niet meer, jullie zijn niet meer, we staan op gelijke hoogte, alleen staan jullie aan de ene kant en wij aan de andere.

'Doe dat geweer weg!' riepen ze.

Zijn hart bonsde, hij hoopte dat de jagers niet zagen hoe zijn jasje trilde bij zijn hart. Hij bleef staan, deed zijn geweer niet weg. Toen keerden ze om. En gingen. Dat kon alleen maar betekenen: vandaag schieten jullie, morgen schieten wij. Andersom dus. Dus had hij gewonnen. Hij was naar huis gegaan, langzaam, op een tempo alsof hij twintig jaar ouder of honderd jaar ouder was, een berggeest die onverhoopt in het bos opdook, die door de jagers werd gerespecteerd en aan wie ze de jacht voor een dag overlaten. Vanaf de put had hij naar Heinrich en Walter geroepen. En vanaf die dag zeiden de jagers tegen elkaar: pas op, ga naar huis als de bagage in het bos is!

Iedereen in het dorp had Lorenz bewonderd. Iedereen in het dorp had de bagage bewonderd. Na de dood van hun ouders waren ze pas echt 'de bagage' geworden. Wie Lorenz wilde beletten voor zijn broers en zussen te zorgen, zou neergeschoten worden, daar twijfelde niemand aan. Maar vroeg of laat zouden ze in de gevangenis belanden, daar twijfelde ook niemand aan. Met z'n allen, de hele bagage. Uitschot was het. Bij alle bewondering: het was uitschot. De vrome vrouwen beschouwden hen als werktuigen van de duivel. Als God van deze kinderen hield, had Hij ze nooit zo vroeg hun vader en moeder afgepakt.

Irma stond voor de spiegel te draaien en zichzelf met haar zwarte ogen heel mooi te vinden. Ze was mager en leek meer op haar vader, ook haar witte gezicht was net als het zijne. Ze had grootse plannen met zichzelf. Ze wilde een rijke man trouwen en dan haar familie een beter leven geven. Maar het zou anders lopen. Op haar zeventiende werd ze verliefd op een docent, een getrouwd man, en droomde ze dat hij in haar bed zou belanden. Toen Katharina en Grete allang onder de pannen waren, was zij nog vrijgezel en zat ze te wachten op de dood van de vrouw van de docent. Er dongen meerdere mannen naar haar hand, maar ze liet ze allemaal lopen, tot er een theologiestudent kwam die ze zijn plan om predikant te worden uit zijn hoofd praatte. Die nam ze, en iedereen was verbaasd dat het uitgerekend deze man lukte om Irma te temmen. Ze werd steeds schuchterder en ging naar hem opkijken. Hij was dominant, vreselijk dominant, en hij kon zo'n luide stem opzetten dat ze hem twee huizen verderop nog woord voor woord konden verstaan, huiveringwekkende dingen kon hij zeggen, en als hij lachte, rinkelde het servies in de kast. Hij was groepsleider in een tehuis voor vaderloze kinderen, een expert in godvruchtigheid. Zelf leefde hij niet al te voorzichtig en al snel had hij een tweede vrouw en woonde hij om beurten bij Irma en bij die andere vrouw. Een eenzame oude buurvrouw liet hem haar huis na. Omdat hij zo'n goed mens was. Een heel dominant, heel bars, maar heel goed mens. Die rechtstreeks met God sprak. Vandaar die luide stem. Hij nam de erfenis aan, Irma schaamde zich wanneer ze de rancuneuze erfgenamen op straat tegenkwam. De dominante man raakte blind en maakte zich het masseursvak eigen en werd populair bij de vrouwen die hij in zijn kelder masseerde.

Ooit, toen ze nog de bagage waren en ver weg in het dal leefden, voordat hun huis was geveild, was Irma op het idee gekomen dat ze met hun familie, die op dat moment alleen nog uit broers en zussen bestond, Heinrich, Katharina, Lorenz, Walter, Grete, zijzelf en Seppel, naar Amerika konden emigreren, in de tijd dat ze helemaal niets meer hadden gehad. Ze had gelezen dat ze in North Dakota mensen konden gebruiken, dat je daar gratis land kreeg en gratis hout om een huis mee te bouwen. Haar broers en zussen hadden niet weg gewild, en in haar eentje was ze te alleen. En zodra ze eenmaal die dominante man had, was het met haar bevlieging gedaan geweest.

In de tijd dat ze nog bagage waren, hadden de meisjes vaak achter in het dal op de bank voor hun huis gezeten, en hadden ze driestemmig gezongen, zo mooi dat de adjunct-postbode er tranen van in zijn ogen had gekregen. Sinds Maria er niet meer was, was hij uit het veld geslagen, hij had de dood van de mooie vrouw niet kunnen verwerken. Als het donker was, ging hij vaak naar haar graf, om er bloemen of takken te brengen. Hij zat aan de rand van het bos, luisterde naar hoe de meisjes zongen, droomde dat hij deel uitmaakte van het gezin en vertelde aan het graf hoe mooi Katharina, Margarethe en Irma konden zingen. Op feestdagen legde hij cadeautjes voor hun deur. Ze mochten niet weten van wie die waren. Maar dat wisten ze wel. Toen er bij de cadeautjes eens een armband had gezeten, was Irma hem om de hals gevlogen. Het cadeau had ingepakt gezeten en haar naam had erop gestaan. Sinds Maria er niet meer was, vond hij

Irma de mooiste. Maar zo mooi als haar moeder was ze niet. Zo'n mooie vrouw als Maria Moosbrugger zou er nooit meer komen.

En mijn oom Sepp? Toen die geboren werd, was zijn vader gelukkig en liep hij met hem rond door het huis. De kleine Josef zou in zijn voetstappen treden, hij zou volbrengen wat hij, zijn vader, begonnen was. Maar helaas, het zou er niet van komen. Josef, die eerst Seppel en later Sepp werd genoemd, was een slapjanus. Mooi als een meisje. Belangstelling voor vrouwen had hij amper. Als zijn broer Walter, de rokkenjager, een vrouw beu was, gaf hij die door aan Josef. Zo bleef mijn oom Sepp zitten met de tippelaarster van de Rijnbrug. Ze bracht hem geen geluk. Ze schonk hem een meisje – Michaela met de gouden lokken –, maar dat probeerde op haar dertiende uit het raam te springen. Sepp liet zich scheiden en bracht het meisje onder bij zijn zus Katharina. Die wilde ervoor zorgen dat Michaela het goede pad zou kiezen en niet zo werd als haar moeder. Maar Michaela raakte verslaafd aan heroïne, kreeg aids en overleed. Er is een voorlichtingsfilm over aids, daar speelt ze de hoofdrol in. Hij is bedoeld om af te schrikken.

Toen mijn oom Sepp op sterven lag, ben ik bij hem op bezoek geweest. Hij was bijna doorzichtig.

Ik heb in het Kunsthistorisch Museum in Wenen naar *Kinderspelen* van Pieter Bruegel de Oude staan kijken, en daar zag ik ze allemaal, de hele bagage, ze raasden over het doek, lachten en huilden en joelden naar elkaar en stonden met elkaar te smoezen, en ik stond erbij en keek ernaar en moest lachen.

‘Probeer eens een pirouette te draaien!’ zegt Irma tegen Grete, maar Grete laat liever haar benen in het water bungelen.

Walter bouwt een zandkasteel voor Seppel, maar die voelt zich daar te oud voor, hij laat liever een hoed op een stok balanceren.

‘Zullen we een potje worstelen?’ daagt Lorenz zijn broer Heinrich uit, die net bij de dieren vandaan komt.

‘We kunnen straks wel een potje knikkeren,’ stelt Heinrich in plaats daarvan voor.

‘Maar pas als je je gewassen hebt,’ zegt Lorenz.

Op school willen de jongens ‘bankje duwen’, wat wil zeggen dat een van hen van een bank geduwd moet worden, dat is de zielenpiet, de slappeling die ze uitlachen.

De schoolmeisjes spelen zwaan-kleef-aan. Grete staat bij de perenboom, de meisjes trekken aan haar haren en roepen: ‘Zwaan kleef aan!’ Ze begint te huilen en wil niet spelen.

‘Oké, wie het verst kan plassen,’ zegt Walter tegen Lorenz, en Walter wint.

‘Wie neemt Seppel op zijn rug? Wie heeft de bal?’

‘Laten we takken voor het vuur gaan sprokkelen!’ roept Katharina.

‘Als we toch niet naar de kerk gaan, kunnen we thuis wel processietje spelen,’ zegt Irma. ‘Dan strooit Grete bloemen, dan haalt Katharina het kruisbeeld van de muur en loopt voorop, en dan dragen de jongens Seppel en doen ze alsof hij het kindeke Jezus is.’

‘Dan schiet ik liever op de prent aan de muur, dan schiet ik liever op het oog in het gezicht op de prent!’ spot Lorenz.

'Dat mag helemaal niet, want daar staat de Moeder Gods op,' zegt Seppel, die een blauwe mantel draagt en een vrouw wil zijn.

'Kom, laten we naar bed gaan,' zegt Katharina. 'Het is al middernacht geweest.'

Bijna iedereen over wie ik schrijf, is al begraven. Zelf ben ik oud. Mijn kinderen leven – op Paula na, die maar eenentwintig is geworden. Ik ga vaak naar haar graf en dan zeg ik: zie je, ik kom nu veel vaker bij je op bezoek dan wanneer je nog in leven zou zijn geweest. Dan had ik nooit zo vaak bij je op bezoek durven komen. Dan had je de deur opengedaan en had je gezegd: O mama, jij bent het weer.